dtv

Walter ist Mitte Zwanzig und hat Karriere gemacht: Er hat es zum Zeitungsverkäufer gebracht. In einer Videothek. Dort geht es Walter so richtig gut. Sein Chef ist ein wandelndes Marketingwörterbuch in Designerklamotten, sein fetter, hysterischer Kollege Super Mario redet pausenlos davon, Profimodel zu werden, und die Kunden stehen schon morgens um fünf auf der Matte, um nach einer seit Jahren vergriffenen Ausgabe von ›Mollusken und Schalentiere‹ zu fragen. Einziger Trost könnten die Frauen sein. Aber auch die haben so ihre Tücken … »Culicchia nimmt genießerisch die unerträgliche Welt der Arbeit auseinander, in der Modetrends, In-Jargon und das pure Nichts aufeinanderprallen. Erstaunlich!« schrieb der ›Nouvel Observateur‹. Und ›L'Express‹ urteilte: »Das moderne Italien, das sich eifrig bemüht, Überproduktivismus mit Ultraliberalismus zu verbinden, ist ein Dschungel. Aber Walter ist nicht Tarzan. Und seine Jane heißt Heidi und ist aufblasbar. Mit Echthaar … Hier geht es nicht mehr um Sein oder Nichtsein. Hier geht es nur noch ums Überleben.«

Giuseppe Culicchia ist 32 Jahre alt, lebt in Turin und arbeitet in einer Buchhandlung. Sein erster Roman, ›Knapp daneben‹ (dt. 1998), wurde in Italien über Nacht zum Bestseller und mit dem Premio Montblanc sowie dem Premio Cavour ausgezeichnet.

Giuseppe Culicchia

Kommt gut

Deutsch von Peter Klöss

Deutscher Taschenbuch Verlag

Von Giuseppe Culicchia
ist im Deutschen Taschenbuch Verlag erschienen:
Knapp daneben (12616)

Für Barbara

Deutsche Erstausgabe
Dezember 1998
Deutscher Taschenbuch Verlag GmbH & Co. KG,
München

Titel der italienischen Originalausgabe:
›Paso Doble‹

Umschlagkonzept: Balk & Brumshagen
Umschlagfoto: © COMSTOCK Fotoagentur, Berlin
Satz: KCS GmbH, Buchholz/Hamburg
Gesetzt aus der Plantin 10/12˙ (QuarkXPress 3.31)
Druck und Bindung: C. H. Beck'sche Buchdruckerei,
Nördlingen
Gedruckt auf säurefreiem, chlorfrei gebleichtem Papier
Printed in Germany · ISBN 3-423-12617-5

»Someday a real rain will come
and wash all this scum off the streets.«

TRAVIS BICKLE IN ›TAXI DRIVER‹, 1976

Dieser Roman ist ein Werk der Phantasie. Sämtliche Figuren, Handlungen und Dialoge sind – abgesehen von gelegentlichen Bezügen auf gegenwärtig im Handel erhältliche Produkte – frei erfunden. Der Autor hegt keinesfalls die Absicht, auf lebende Personen anzuspielen.

1. Kapitel

1.

VIER KAUFEN – DREI BEZAHLEN ... SIE LESEN DIE TASCHENBÜCHER, WIR SCHENKEN SIE IHNEN ...

So oder so ähnlich lautete der Slogan, den die Monitore hinter den Schaufensterscheiben auf die Straße schossen, wobei mir allerdings nicht ganz klar war, ob ich hier wirklich in einer Buchhandlung stand oder nicht eher in einer Art Supermarkt ... Der Geschäftsführer war groß, ein bißchen zu groß. Und fett, ein bißchen zu fett. Das Ralph-Lauren-Hemd schnürte ihn ein und spannte gefährlich über dem Bauch. Die Hugo-Boss-Jacke trug er offen, und wie's aussah, hätte sie sich auch nie und nimmer zuknöpfen lassen. Die Ermenegildo-Zegna-Hose schmiegte sich ihm wie auftätowiert um die Schenkel und ließ dafür die Knöchel unbedeckt. Das Gesicht war kugelrund und nichtssagend. Das Haar aschblond und auf Bürste getrimmt. Ich hatte nicht verstanden, ob er Arnaldo Arnoldi hieß oder Arnoldo Arnaldi.

»Während des intensive-trainings hast du nichts weiter zu tun, als die Kartons aufzumachen, zu überprüfen, ob der Inhalt mit den Mengenangaben auf dem Lieferschein übereinstimmt, und mit Hilfe des Strichcodes die Dateien für die neuen Titel im Computer einzurichten. Jedes nicht strichkodierte Video kannst du aussortieren und zum Warenrücklauf legen. Selbst wenn es ›Apocalypse Now‹ ist.«

Über dem Ralph-Lauren-Hemd trug er eine Salvatore-Ferragamo-Krawatte. Auf den Bügeln der verspiegelten Sonnenbrille prangte der Schriftzug Giorgio

Armani Eyewear. Irgend etwas sagte mir, daß die Mokassins von Tod's sein mußten. Weiß der Himmel, warum er ständig nur von Videos redete statt von Büchern.

»Sobald die Titel in der hardware sind, kannst du sie auf den Ladentischen auslegen. Das display sollte sich ohne Rücksicht auf das target nach dem packaging richten, damit das Auge des buyers dran hängenbleibt.«

»Und die Bücher?«

»Gestern hat unser Topmanagement eine historische Entscheidung getroffen. Von jetzt an verkaufen wir keine Bücher mehr, sondern nur noch Videokassetten. Der Verkaufstrend in den anderen Teamshops spricht eine deutliche Sprache: Kein Mensch liest mehr Bücher, aber jeder hat inzwischen einen Videorecorder. Die Schrift auf den Monitoren müssen wir noch ändern.«

Der Laden glitzerte, alles war aus Glas und Plastik, überall Monitore, Videokameras und Computer. Die reinste Toyota- Vertretung. VIER KAUFEN – DREI BEZAHLEN ... SIE LESEN DIE TASCHENBÜCHER, WIR SCHENKEN SIE IHNEN ... Statt in einer Buchhandlung sollte ich also in einer Videothek arbeiten ... Na ja, ein Gehalt würden sie mir wohl hoffentlich trotzdem zahlen. Ob die Arbeitszeiten auch japanisch waren?

»Und wie sieht's mit den Arbeitszeiten aus?«

»Wir haben praktisch full-time geöffnet. Du könntest erst mal mit einer Testwoche einsteigen, sagen wir ab morgen. Sechs Stunden am Tag, dreißig Minuten break zum Essen, und du kannst anfangen, wann du willst.«

»Auch um halb zwei mittags?«

»Aber sicher doch. Wir erwarten dich dann um halb zwei.«

2.

So begann ich also meine Probewoche. Ich konnte bis elf im Bett liegen. Dann stand ich auf, wusch mich, aß und zog mich an. Zur Videothek war es ein zwanzigminütiger Spaziergang. Es war Ende Juli, und im Laden traf kaum neue Ware ein. Um mir die Zeit zu vertreiben, ordnete ich die Filme in den Regalen in alphabetischer Reihenfolge oder staubte die Monitore ab. Ab und zu fragte mich ein Kunde nach etwas, und wenn ich ihm keine Auskunft geben konnte, brauchte ich ihn nur zum Geschäftsführer an die Kasse zu schicken. In der Regel bedienten sich die Leute aber selbst und nahmen sich von den blitzenden Ladentischen die Titel, die sie haben wollten, genau wie im Supermarkt. Oft kamen die Verkäuferinnen aus den umliegenden Geschäften für Millionärskleidung auf einen Sprung vorbei, allesamt viel zu stark geschminkt, dafür spärlich, wirklich spärlich bekleidet. Kurz, ich schlief bis zum Mittag, die Arbeit war leicht, und sogar auf das ständige Rotieren von Ausschnitten und Miniröcken war Verlaß. Wenn ich abends nach Hause kam, dachte ich: Walter, vielleicht hast du deinen Platz gefunden. Ich war jetzt fünfundzwanzig. Die Zeit meiner Jugend neigte sich dem Ende zu. Genaugenommen war sie schon seit längerem vorbei. So eine Stelle würde ich kein zweites Mal finden.

3.

Am letzten Tag der Probewoche bekam ich Besuch von einem aus dem Personalbüro. Er kam aus Mailand. Über dem Brooks-Brothers-Hemd prangte eine Church's-Krawatte. Der Anzug war mindestens Valentino Uomo.

Die Schuhe vielleicht sogar Fratelli Rossetti. Die Brille mit Sicherheit Oliver Peoples.

»Na, wie gefällt's Ihnen hier bei uns?« fragte er mich.

»Phantastisch. Wie maßgeschneidert für mich.«

»Meinen Sie das im Ernst?«

»Na ja, ich muß noch eine Menge lernen. Aber Filme fand ich schon immer klasse.«

Der Typ aus Mailand lächelte. VIER KAUFEN – DREI BEZAHLEN ... SIE SCHAUEN SICH DIE VIDEOS AN, WIR SCHENKEN SIE IHNEN ...

»Wir wollen hier in der Videothek auch einen Kiosk eröffnen. Mögen Sie Zeitungen?«

»Wie meinen Sie das?«

»Hätten Sie Lust, in einer Videothek zu arbeiten, die auch Zeitungen und Zeitschriften verkauft? Ich frage Sie das, weil einige Kandidaten, die ich mir vor Ihnen angesehen habe, gewisse Vorbehalte hatten.«

»Aber klar hätte ich Lust. Ich wüßte nicht, wo da das Problem liegt.«

Mir fiel auf, daß er immer noch lächelte.

»Prima«, sagte er. »Auf jeden Fall müssen Sie sich in Mailand beim Personalchef vorstellen. Er wird sich mit Ihnen unterhalten, und er wird entscheiden, ob wir Sie einstellen oder nicht.«

»Verstehe.«

»Der Personalchef heißt Doktor Bestiali. Sie haben einen Termin am ersten August um elf Uhr. Ich brauche Ihnen ja nicht extra zu sagen, daß Sie sich tipptopp präsentieren und pünktlich erscheinen müssen.«

4.

Als ich am ersten August auf dem Mailänder Bahnhof ankam, war ich von der Hitze schon völlig geschafft. Vor dem Gebäude, in dem die Geschäftsleitung ihren Sitz hatte, traf ich etwa zwanzig Minuten zu früh ein. Über eine Stunde ließ man mich in der riesigen leeren Empfangshalle warten. Gegen Mittag begleitete mich dann ein Pförtner im Aufzug zum Büro von Doktor Bestiali. Doktor Bestiali war nicht da. Seine Sekretärin nahm mich in Empfang.

»Setzen Sie sich«, forderte sie mich auf. »Füllen Sie dieses Formular aus.«

Auf dem Tisch bemerkte ich einen etwa zehnseitigen Fragebogen. Ich sah sie an. Früher war sie vielleicht mal ein guter Fick gewesen. Jetzt hatte sie Tränensäcke unter den Augen und eine dicke Schicht Schminke auf dem Gesicht.

»Wieviel Zeit habe ich?« fragte ich.

»Ich komme in fünfzehn Minuten wieder«, antwortete sie im Hinausgehen.

Ich schrieb und schrieb und schrieb. Ich beantwortete Hunderte von persönlichen Fragen, wobei ich einen Haufen Sachen erfand, ohne jedoch zu erwähnen, daß ich mich in letzter Zeit mit dem Bemalen von T-Shirts über Wasser gehalten hatte.

Nach zwanzig Minuten kam Miss Farbtopf zurück. Sie überflog, was ich mir aus den Fingern hatte saugen können. Über den Brillenrand hinweg warf sie mir einen Blick zu.

»Wie kommt es, daß jemand wie Sie in einer Videothek arbeiten will?«

»Na ja, es ist ja nicht gerade die erstbeste Videothek an der Ecke. Sie ist Teil einer großen Firmengruppe, zu der Radiostationen, Kinos, Zeitungen und Fernsehsender gehören. Für einen ehrgeizigen Mann wie mich scheint mir das der richtige Posten zu sein.«

»Prima«, sagte sie. »Wir geben Ihnen dann Bescheid.«

5.

Während ich wartete, schien meine Vermieterin fast mehr zu bangen als ich. Das Geld, das ich mit den T-Shirts verdiente, reichte gerade fürs Essen. Ich war zwei Monate mit der Miete im Rückstand. Zum Glück hatte ich kein Penthouse gemietet. Ich wohnte in der Nähe der Via Nagasaki in einem Zimmerchen ohne Bad und WC. Die Toilette wurde von den Nachbarn mitbenutzt und befand sich auf dem Treppenabsatz. Bei all den Krankheiten, die so kursierten, setzte ich mich lieber nicht auf die Brille. Mehr als einmal hätte ich mir bei dem Versuch, das Gleichgewicht zu halten, fast ein Bein gebrochen. Das Waschbecken der Kochnische diente auch als Bad und Waschmaschine. Ein Tisch, ein Stuhl und eine Schlafcouch vervollständigten die Einrichtung. Außerdem gab es einen Wandschrank, der hinter einem Vorhang verborgen war. Die essentiell-funktionale Einrichtung im nordischen Stil, Marke Alvar Aalto, fand ich schon immer klasse.

6.

Nach etwa einem Monat bekam ich einen Brief. Sie hatten beschlossen, mich einzustellen. Da ich ja zu den Ambitionierten gehörte, ließ man mich auf der fünften Gehaltsstufe anfangen, der untersten. Aus einer Telefonzelle unten vorm Haus rief ich im Laden an. Ich sprach direkt mit Arnoldo – oder Arnaldo, das war mir immer noch nicht klar.

»Wann kann ich anfangen?« fragte ich.

»Von mir aus schon morgen.«

»Um halb zwei, wie immer?«

»Nein, sagen wir um fünf.«

»So spät?«

Vom anderen Ende der Leitung hörte ich Gelächter.

»Fünf Uhr morgens, Walter. Seit unserem letzten meeting haben wir auch den Kiosk eröffnet.«

»Den Kiosk?« Den hatte ich ganz vergessen.

»Um diese Uhrzeit erscheinen die Zeitungen, wußtest du das nicht?«

7.

Ich mußte also jeden Morgen um vier aufstehen. Auf dem Boden hatte ich drei Wecker postiert: einen bei der Schlafcouch, den anderen unter dem Tisch, den dritten beim Waschbecken. Um den ersten auszustellen, brauchte ich nur eine Hand auszustrecken. Dann begann der zweite zu klingeln, und ich mußte mich schon ganz aus den Laken schälen. Schließlich kam ich nicht umhin aufzustehen und barfuß über den Fußboden zu laufen, um den dritten zum Schweigen zu bringen. Wie in Trance klammerte ich mich am Waschbecken fest, und während ich mein Gesicht mit Wasser bespritzte, hatte ich das Gefühl zu ertrinken. Meistens nutzte ich die Gelegenheit auch zum Pinkeln – die Multifunktionalität des Mobiliars machte es möglich. Dann zog ich mich im Zeitlupentempo an, wobei ich, wie am Regiepult, mehrmals die gleichen Bewegungen wiederholte. Wenn ich dann merkte, daß ich spät dran war, machte ich mich auf die Socken und stürzte wie ein Irrer die Treppe hinunter. Um zur Arbeit zu kommen, mußte ich zu Fuß quer durchs Stadtzentrum. So früh morgens fuhren noch keine öffentlichen Verkehrsmittel.

8.

Der Kollege von der Frühschicht hieß Mario. Aber alle Welt nannte ihn Super Mario, wie den Held der Nintendo-Gameboys. Nicht daß er einen dichten Schnurrbart gehabt oder sich wie ein Klempner gekleidet hätte. Er wollte lediglich Dressman werden. Die männliche Antwort auf Claudia Schiffer und Cindy Crawford, wie er es ausdrückte. Er belegte Gehkurse, war ständig auf Diät und ernährte sich von komischen gefriergetrockneten Breien. Doch statt abzumagern, ging er in die Breite. Bei eins sechzig Körpergröße wog er neunzig Kilo. Als Ausgleich hatte er sich Mokassins mit hohen Absätzen und Einlagen gekauft. Allerdings stolperte er damit eher durch die Gegend, als sich in neue Höhen zu schwingen. Super Mario wurde häufig Opfer depressiver Schübe. Zusammen mit den Getränken warf er dutzendweise Pillen ein, und vielleicht lag es daran, daß er immer etwas fand, worüber er jammern konnte. Nur, daß er dabei nicht sprach, sondern kreischte.

»SIEH DIR BLOSS ALL DAS ZEUG AN, DAS DIE GESCHICKT HABEN. DAS SCHAFFEN WIR NIE, DAS ALLES ZU SORTIEREN: DU BIST ZU SPÄT.«

Es ging darum, dreißig oder vierzig Packen Zeitungen und Zeitschriften zu öffnen, italienische wie ausländische. Anschließend mußten bei jedem Titel die Exemplare für die Firmen, die bei uns abonniert hatten, beiseite gelegt werden. Gegen sechs kamen die Hausboten vorbei und holten ihren Stapel ab. Ich fragte mich, wer wohl um diese Uhrzeit ›Geschichten, die das Leben schrieb‹, ›Soldier of Fortune‹ oder ›Die republikanische Stimme‹ las. Danach mußte der Kiosk auf Vordermann gebracht werden. Mehr als einhundert Meter Regal entlang den Ladenwänden. Wir sortierten die alten Monats- und Wochenzeitschriften aus und ersetzten sie durch die Neuerscheinungen. Das Ganze unter Super Marios ständigem Herumgejaule.

»WENN DU NICHT ZU SPÄT GEKOMMEN WÄRST, HÄTTEN WIR'S JA VIELLEICHT GESCHAFFT, ABER SO NICHT, UNMÖGLICH. NIE IM LEBEN WERDEN WIR BIS ACHT FERTIG.«

9.

Um acht waren wir normalerweise fertig. Ich stellte mich an die Kasse, und er verkroch sich in die hinterste Ecke des Ladens, um die Remissionen zu erledigen. Täglich wurde das Material, das wir aus den Regalen aussortiert hatten, gezählt und verpackt. Am nächsten Morgen nahmen es die Lieferanten mit, wenn sie die Neuerscheinungen brachten. Von der Kasse aus hörte ich, wie Super Mario, aufgepumpt wie eine Kröte, sich laut beklagte.

»DA HABEN WIR'S. JETZT SCHNEIDEN SELBST DIE GARTENSCHEREN NICHT MEHR, DIE ES BEI ›LANDHAUS UND VILLA‹ GRATIS DAZUGAB ...«

Es war wie in einer dieser Dauerwerbesendungen.

»STATT HIER ZU VERSAUERN, SOLLTE ICH IN MAILAND, PARIS UND NEW YORK DIE LAUFSTEGE EROBERN ...«

Er war einfach nicht zum Schweigen zu bringen.

»SEIT NEUN JAHREN VERKAUFE ICH JETZT ZEITUNGEN, UND BEI ALL DEN KUNDEN, DIE HIER VORBEIKOMMEN, HAT MICH NOCH KEINER ENTDECKT! NEULICH HAT VERSACES BRUDER DIE ›RÄTSELWOCHE‹ BEI MIR GEKAUFT, ABER ER HAT MICH NICHT MAL ANGESCHAUT!«

10.

Vielleicht waren es nicht nur die Pillen, die Super Mario so zugesetzt hatten … Die neun Jahre als Zeitungsverkäufer hatten ihm wohl den Rest gegeben … Tag für Tag wiederholten sich die Dinge, spielten sich genau wie am vorhergehenden Morgen ab. Doch schon bald wurde mir klar, daß das Aufstehen um vier und Super Marios Litaneien beileibe nicht die einzigen Probleme waren. Auch mit den Kunden war zu rechnen. Vor allem mit den Kioskkunden. Und insbesondere den Enzyklopädiemaniacs. So gegen viertel nach fünf sortierte ich mit Super Mario normalerweise die Tageszeitungen: zwanzig Exemplare des ›Corriere della Sera‹ für die Firma X, zwölf für Y, vierunddreißig für Z und so weiter … In diesem Augenblick kam ein ganz normal aussehender Mensch rein und fragte: »Ist der Einband von ›Nadel und Faden‹, Band drei, mitgekommen?«

Super Mario und ich sahen uns an. Wie um alles in der Welt konnte sich jemand um diese Uhrzeit auf die Socken machen, um sich den Einband von ›Nadel und Faden‹, Band drei, zu besorgen?

»Hören Sie, im Moment haben wir für so etwas keine Zeit. Bis acht müssen wir den ganzen Kram hier einsortiert haben. Schauen Sie doch einfach später noch mal rein, dann suchen wir's Ihnen raus.«

»ABER AUF DEM SCHILD MIT DEN LADENÖFFNUNGSZEITEN DA STEHT VON FÜNF BIS NEUNZEHN UHR DREISSIG. UND JETZT IST ES SCHON ZWANZIG NACH FÜNF.«

Auf dem Fußboden stapelten sich die Packen mit hunderterlei Publikationen. Es gab nur eine einzige Lösung, sich den Schneidereifanatiker vom Hals zu schaffen, und zwar sie alle nach diesem verdammten Einband durchzusehen. Aber kaum war der eine zufriedengestellt, kam schon der nächste.

11.

Offensichtlich pflegte jeder der Enzyklopädisten ein anderes Spezialistentum. Sie waren beileibe nicht nur auf ›Nadel und Faden‹ fixiert, sondern auch auf ›Die Muscheln der Erde‹, ›Der Briefmarkensammler‹ und ›Jagdflieger im Ersten Weltkrieg‹. Des weiteren auf ›Meisterwerke der Lyrik‹, ›Trab und Galopp‹ und ›Die Geschichte des Römischen Reiches – der Comic‹. Ich stellte fest, daß in Italien Enzyklopädien in rauhen Mengen verkauft wurden. Das Volk der Nobelpreisträger, Päpste und Fußballer gab sich mächtig Mühe, verlorenes Terrain wettzumachen.

Filmreife Szenen spielten sich auch ab, wenn man es mit den Unglücksraben zu tun bekam, die auf der Suche nach alten Nummern waren.

»Hören Sie, ich habe meine Enzyklopädie ›Mollusken und Schalentiere‹ zum Buchbinder gebracht und dabei festgestellt, daß mir Heft dreiundzwanzig fehlt ...«

Super Mario und ich machten einen Uhrenvergleich. Fünfundzwanzig Minuten vor sechs.

»Und da habe ich mich gefragt, ob ihr nicht zufällig noch ein Heft dreiundzwanzig da habt ...«

»ABER ›MOLLUSKEN UND SCHALENTIERE‹ IST SEIT ÜBER ZWEI JAHREN ABGESCHLOSSEN, WENN ICH MICH RECHT ERINNERE«, entgegnete Super Mario.

»UND WAS SOLL EINER TUN, WENN ER EINE NUMMER VERPASST HAT? SICH UMBRINGEN?« Bei näherer Betrachtung gar keine schlechte Idee.

»WIR KÖNNEN HÖCHSTENS VERSUCHEN SIE ANZUFORDERN, ABER DAS DAUERT SEINE ZEIT, UND ES IST NICHT SICHER, DASS ES DAS HEFT ÜBERHAUPT NOCH GIBT.«

»WAS SOLL DAS HEISSEN, ES IST NICHT SICHER, DASS ES DAS HEFT ÜBERHAUPT NOCH GIBT? MEINE ENZYKLOPÄDIE WARTET BEIM BUCHBINDER, UND IHR WISST NICHT, OB DAS FEHLENDE HEFT JEMALS EINTREFFEN WIRD?«

»HIMMELHERRGOTT, WAS DENKEN SIE SICH EIGENTLICH, WOHER WIR WISSEN SOLLEN, OB DIE DIESES SCHEISSHEFT NOCH AUF LAGER HABEN ODER NICHT?«

»ICH BIN SICHER, DASS IHR ES WISST. WAHRSCHEINLICH IST MEIN HEFT SOGAR IN EINEM DIESER PAKETE, DIE DA UNAUSGEPACKT BEI EUCH AUF DEM FUSSBODEN LIEGEN.«

»Nein, wissen Sie«, schaltete ich mich ein, »in diesen Paketen sind die Zeitungen von heute und die Kioskneuheiten. Ausgeschlossen, daß die uns ein zwei Jahre altes Heft mitgeschickt haben.«

»IHR JUNGEN LEUTE WOLLT EUCH DOCH NUR VOR DER ARBEIT DRÜCKEN! ICH WETTE, WENN ICH HIER WAS ZU SAGEN HÄTTE, DANN WÜRDE MEIN HEFT SCHON ZUM VORSCHEIN KOMMEN!«

12.

Da das Gehalt aus Mailand kam, war ich gezwungen, ein Bankkonto zu führen, auf das sie mein Gehalt überweisen konnten. Ich hatte noch nie ein Girokonto eröffnet. Ich hatte nie genug Geld besessen, um einen Teil davon auf die Bank zu bringen. Bei dem Gedanken, Besitzer eines Bankkontos zu werden, kam ich mir irgendwie älter vor. Ein Konto war für mich – ebenso wie eine Festanstellung, Auto und Heirat – eine Horrorvorstellung. Ein Symbol des Todes. Dieser Schritt würde bald einen Rettungsring um den Bauch nach sich ziehen, außerdem zwei Kinder, die nichts weiter konnten, als Markenspielzeug von mir zu verlangen, eine neurotische Ehefrau und eine neurotische Geliebte sowie – warum nicht – erste Anzeichen von Haarausfall.

Nur, wenn ich über die Runden kommen wollte, dann mußte ich arbeiten. Und ohne Girokonto bekäme ich das Gehalt nicht. Es gab da allerdings ein Problem: Statt das Geld am 27. eines Monats zu erhalten, wurde mir die Anweisung mit neun oder zehn Tagen Verspätung gutgeschrieben. Wegen der rückständigen Miete und den Wasser-, Licht- und Heizungsrechnungen reichte es beim besten Willen nie bis zum 9. oder 10. des folgenden Monats.

Für die Schalterangestellten war ich schon bald ein alter Bekannter. Wahrscheinlich gab es nicht viele Bankkunden, die eben erst ein Konto eröffnet hatten und es konstant bei Null hielten. Das Geld war noch gar nicht eingetroffen, da brauchte ich es auch schon dringendst. Also bat ich um den 29. oder 30. eines jeden Monats herum den jeweiligen Bankangestellten, er möge die notwendige Erlaubnis einholen, mir das Geld zu geben, auch wenn die Anweisung noch nicht von Mailand abgegangen war. Der Angestellte wandte sich an seinen

Vorgesetzten, der am Schreibtisch hinter den Kassenschaltern saß. Während sie sich leise unterhielten, blickten sie zu mir hinüber. Ach so, sagten sie wahrscheinlich zueinander, das ist doch dieser Hungerleider, der nie mit seinem Gehalt auskommt. Einer von beiden rief dann in Mailand an, um zu überprüfen, ob der Betrag gedeckt war. Wenn sie sich vergewissert hatten, daß das Vermögen der Bank durch meine Anfrage, die eine Million einhundertachtzigtausend Lire etwas früher abzuheben, nicht bestandsgefährdet war, rückten sie das Geld raus. Ihre komplizenhaften Blicke und dieses ironische Lächeln waren demütigend. Während ich die Bank verließ, träumte ich von tollkühnen Raubzügen Marke Ronald Biggs.

13.

Da wir um fünf Uhr morgens anfingen, hätten wir nach Adam Riese um eins Feierabend haben sollen. Aber immer gab es einen Grund, daß es nie so kam. Meistens tauchte gegen Mittag ein abgehetzter Arnaldo – oder Arnaldi – auf. Er fing erst um diese Uhrzeit an.

»Leute, heute schickt uns das Lager mindestens zwanzig Paletten mit neuer Ware. Besser, wir bilden eine taskforce, die dem Kollegen von der Nachmittagsschicht zur Hand geht.«

»ICH HABE HEUTE GEHKURS«, schrie Super Mario sofort und pumpte sich auf.

»Dann bleibt eben Walter da«, entschied der Geschäftsführer, ohne mir die Zeit zu lassen, den Mund aufzumachen.

»Es ist ja auch so«, fügte er hinzu, »wenn es zu einem black friday kommt, dann sind im allgemeinen die zuletzt

Eingestellten die ersten, die entlassen werden. Aber wenn sie eins A skills und guten Willen erkennen lassen, dann …«

14.

Der Kollege vom Nachmittag hieß Egidio. Egidio trug eine Art Quäkerfräse – Vollbart ohne Schnäuzer – und im Knopfloch das Parteiabzeichen der Lega Nord, den blankgezogenen Zweihänder. Trotzdem war er nicht aggressiv. Ganz im Gegenteil.

»Entschuldige bitte vielmals, lieber Kollege, aber du wärst nicht zufällig so freundlich und leihst mir einen Stift? Vorausgesetzt, daß es dich nicht stört, ehrlich, ich möchte dich wirklich nicht stören.«

»Aber woher denn, Egidio. Hier hast du den Stift.«

»Danke, Kollege, danke vielmals. Ich weiß wirklich nicht, wie ich mich revanchieren soll. Das war unheimlich freundlich von dir.«

Immer lief er mit traurigem und unterwürfigem Gesichtsausdruck durch die Gegend. Irgendwie machte er mich neugierig.

»Entschuldige die Belästigung, lieber Kollege, aber ich habe heute meine Uhr zu Hause vergessen. Du wärst nicht vielleicht so freundlich, mir die Uhrzeit zu sagen? Ich wäre dir wirklich ausgesprochen dankbar.«

»Viertel nach zwei.«

»Ah, danke, vielen vielen Dank, viertel nach zwei, das war wirklich unheimlich zuvorkommend von dir …«

Wenn ich ihn traf und fragte: »Ciao, Egidio, wie geht's?« war seine Antwort unabänderlich: »Miserabel, danke. Und dir?«

Mit Super Mario und Arnoldo – oder Arnoldi – sprach

er genauso … Wohin hatte es mich nur verschlagen? Morgens um vier stand ich noch halb im Koma auf, hörte mir den ganzen Vormittag über Super Marios frenetisches Gejammer an, hetzte herum, um die neurotischen Wünsche der Enzyklopädisten zu erfüllen, und zu guter Letzt schlich jetzt auch noch Egidio um mich rum …

»Bitte werd nicht wütend«, hob er an, »aber ich erinnere mich nicht mehr daran, wo ich den Lieferschein für die Videos hingelegt habe, die heute gekommen sind. Würdest du wohl die Freundlichkeit besitzen, es mir zu sagen, falls du ihn gesehen hast? Das würde mich unheimlich froh machen.«

»Hör mal, Egidio, ich habe keine Ahnung, wo der Lieferschein hingekommen ist, aber du mußt dir nicht immer solche Sorgen machen, wenn du mich etwas fragst.«

»Oh, entschuldige vielmals, ich wollte dich keinesfalls belästigen, ich schwöre, das tut mir wahnsinnig leid …«

»Merkst du, daß du schon wieder damit anfängst? Egidio, ich versichere dir, ich habe noch nie jemanden gefoltert.«

»Ehrlich? Danke, Walter, tausend Dank, danke.«

»Wieso? Habe ich so ein Sadistengesicht?«

»Na ja, weißt du, sei nicht beleidigt … Ich habe da so meine Erfahrungen gemacht, man kann nie wissen …«

»Wie meinst du das, man kann nie wissen?«

»Tja, schau, die Leute in dem Laden, in dem ich vorher gearbeitet habe, gehörten einer Sekte an … Sie haben mich wiederholt vergewaltigt und gefoltert, im Warenlager, auf den Tischen, und danach haben sie mich an der Decke aufgehängt …«

15.

Natürlich hatte man mich auf der Grundlage eines Einsteigervertrags mit einjähriger Laufzeit eingestellt. So konnten sie darauf bauen, daß ich mir ein Bein ausriß, um festangestellt zu werden. Sie spielten mit gezinkten Karten, wie immer. Für sie war es einfach: Auf den Straßen wimmelte es nur so von Menschen, die überhaupt keine Arbeit hatten oder kurzarbeiteten, Leuten, die womöglich noch nicht den Kredit fürs Häuschen oder die Raten fürs Auto abbezahlt hatten ... Meine erste Woche als Zeitungsverkäufer neigte sich dem Ende zu, es war Samstag. Um drei Uhr nachmittags schickte ich mich gerade an zu gehen – mit nur einem Gedanken im Hirn: am morgigen Tag auszuschlafen –, als ...

»Walter!« rief der Geschäftsführer.

»Ja?«

»Du hast doch gesagt, daß es dir nichts ausmacht, in einem shop zu arbeiten, in dem es auch einen Zeitungskiosk gibt, stimmt's?«

»Stimmt.«

»Perfekt. Wie du weißt, werden die news auch sonntags gedruckt.«

Ich schluckte. Tatsächlich hatte ich daran noch gar nicht gedacht.

»Also, ich verlaß mich darauf. Morgen früh um fünf hier, du und Super Mario.«

»Und mein freier Tag?«

»Der ist im Moment gestrichen. Es geht jetzt erst mal ums problem-solving. Solange Mailand nicht das o. k. für eine weitere Kraft gibt, weiß ich nicht, wie ich euch ersetzen soll. Nächsten Sonntag wird Egidio für einen von euch arbeiten. So habt ihr abwechselnd alle drei Wochen einen freien Tag.«

Wenn man bedachte, daß man praktisch bei jeder anderen Arbeit zwei freie Tage pro Woche hatte, war das eigentlich gar nicht so schlecht.

16.

Wenn sie es sonst schon nicht lassen kann, so wird die Menschheit einem wenigstens Sonntag morgens nicht auf die Eier gehen, dachte ich. Der erste betrat den Laden um viertel nach fünf. Und dann erschienen sie, einer nach dem anderen, wie die Zombies.

»Hallihallo, habt ihr zufällig ›Dinosaurier und Reptilien‹ von letzter Woche da? Da gab es einen Plastik-Pterodactylus als Dreingabe, den habe ich verloren.«

»Guten Morgen, ich suche das letzte Heft von ›Ratten und Mäuse‹, das mit der Scheibe Gruyèrekäse …«

»Hören Sie mal, in dem Exemplar von ›Fliegenfischerei‹, das ich gestern gekauft habe, fehlt die Fliege …«

Der Strom riß nicht ab. Wahrscheinlich schliefen sie nachts nicht. Sie blieben lieber auf und bauten ihre verdammten prähistorischen Tierchen zusammen, um nur ja nicht das tägliche Stelldichein am Kiosk zu verpassen – und zwar im Morgengrauen … Womit brachten sie ihr Leben zu? Woher nahmen sie die Zeit, Plastikmäusen hinterherzujagen? Vielleicht waren die Enzyklopädien ja der Lackmustest für den großen Rechtsschwenk in diesem Land … Die Massen schlossen sich mit der letzten Ausgabe von ›Kleinbahnen und Triebwagen‹ oder ›Salat und Salate‹ zu Hause ein, so wie sie vor zwanzig Jahren Ches Tagebuch schwenkend auf die Straße gegangen waren. In Anbetracht der Zeiten wunderte mich das nicht. Nur, daß ich in einem beschissenen Zeitungskiosk arbeitete, mit einem freien Tag alle drei Wochen …

17.

Ich arbeitete und arbeitete und arbeitete. Ein Leben außerhalb der Arbeit konnte ich mir gar nicht mehr vorstellen. Stunde um Stunde verbrachte ich damit, den Produktivitätsindex des Zeitschriftensektors zu steigern, und dementsprechend kaputt kam ich abends nach Hause. Die Augen fielen mir zu, und meistens schaffte ich es nicht mal mehr, etwas zu essen. Nachdem ich um vier Uhr aufgestanden und die letzten zwölf Stunden auf den Beinen gewesen war, sehnte ich mich nur noch nach meinem Bett. Häufig schlief ich bis zum nächsten Morgen durch. Ich begriff nicht, wie Super Mario nach Feierabend auf seinen hohen Absätzen noch laufen konnte. Nach neun Jahren Kiosk war er offenbar daran gewöhnt, wenig zu schlafen. Ich nicht. Mein Dasein bestand inzwischen nur noch aus Tätigkeiten, die fürs reine Überleben notwendig waren: von arbeiten und schlafen einmal abgesehen, fand ich gerade noch die Zeit, etwas zu essen, mich zu waschen, zu kacken und zu pinkeln. Lesen, denken, ins Kino gehen oder einen Spaziergang machen – das alles gehörte der Vergangenheit an. Der Sonntag der Freiheit, der mir alle drei Wochen zustand, verflog zwischen Wäsche waschen, Wäsche aufhängen und Wäsche bügeln … Bei meinem Gehalt konnte ich mir selbstredend keine Haushaltshilfe leisten …

18.

Und in der Zwischenzeit vergingen die Tage, die Wochen, die Monate. Identisch und immer gleich, fast so, wie ich es mir immer bei denen vorgestellt hatte, die in der Fabrik oder in der Buchhaltung arbeiteten. Die Zeit verstrich fern, lautlos, ohne daß es mir bewußt wurde. Und ich verkaufte sie für etwas mehr als eine Million Lire im Monat, als hätte ich alle Zeit der Welt zur Verfügung und nicht nur eine kurze Spanne, die von einem Moment auf den anderen durch einen Super-GAU, einen Gehirntumor oder einen besoffenen Autofahrer für immer beendet werden konnte. Manchmal machte es die Sache schwerer, wenn man an nichts glaubte. Super Mario glaubte an Versace, Egidio an die Lega, Arnaldi oder Arnoldi an die Erreichung der budget-Vorgaben. Für sie war es einfacher. Aber Mogeln war noch nie meine Stärke gewesen, nicht mal, wenn ich gegen mich selbst Karten spielte.

19.

Dann begannen wir, auch die ›Gazzetta Ufficiale‹, das amtliche Mitteilungsblatt, zu verkaufen.

Die ›Gazzetta Ufficiale‹ kam per Post und teilte sich in zwei Serien: ›Gesetze & Verordnungen‹ und ›Stellenausschreibungen & Prüfungen‹. Anfangs verkauften wir nur wenige Exemplare. Der Geschäftsführer zeigte unübersehbare Anzeichen von Besorgnis. Er schwitzte. Die verspiegelte Brille lief an. Er vergaß, zweimal täglich die Krawatte zu wechseln. Es war seine Entscheidung gewesen, auf die ›Gazzetta Ufficiale‹ zu setzen und dadurch die Einnahmen des Kiosks zu steigern. Wenn die Operation sich als Zuschußgeschäft erwies, würde es aus Mailand nicht eben viel Lob hageln. Als es sich jedoch unter den Besitzern von Losen der verschiedenen staatlichen Lotterien und den Professuraspiranten herumgesprochen hatte, daß der Kiosk die Erzeugnisse der Staatsdruckerei vertrieb, rannten sie uns plötzlich die Bude ein.

20.

Manchmal bildete sich schon morgens vor sechs eine lange Schlange von Leuten, die auf den Briefträger warteten.

»Hört mal, die Post kommt nicht vor zehn«, versuchten wir der Menge begreiflich zu machen. Häufig war gerade die Post daran schuld, daß wir tagelang kein einziges Exemplar der ›Gazzetta Ufficiale‹ bekamen. Doch die große Lotterie um eine STELLE IM ÖFFENTLICHEN DIENST und der Traum vom MILLIONENGEWINN stählten den sonst so labilen Willen der Massen. Ich lernte schnell, daß es in Italien neben dem schwarzen Toto, dem offiziellen Toto, dem Pferdetoto und dem Zahlenlotto noch hundert andere Lotterien gab, die aus Anlaß aller möglichen Sportereignisse, Sängertreffen, Regatten oder auch zu Oster-, Karnevals- und Dreikönigsfestivitäten veranstaltet wurden. Scheinbar wetteten alle auf alles ... Pensionäre, Damenfriseure, Angestellte aus dem Katasteramt – jeder kam mit zwanzig oder dreißig Losen in der Hand und der Hoffnung, deren Nummern in der ›Gazzetta Ufficiale‹ veröffentlicht zu sehen ... Super Mario und ich galoppierten durch die Gegend wie gedopte Araberhengste beim Palio von Siena, um Tageszeitungen und Zeitschriften einzusortieren, während längs der Strecke die Enzyklopädisten uns keine Atempause ließen und wir uns in jeder Kurve einen Weg durch das Gedränge der Höchstwahrscheinlich-doch-nie-Glückspilze bahnen mußten.

»Hören Sie, ist die ›Gazzetta Ufficiale‹ mit den Stellenausschreibungen eingetroffen?«

»Welches Datum?«

»Öh, keine Ahnung. Ich warte auf die Lehrprobentermine für die Doktorandenstellen an den Universitäten von Santa Margarita, Capri, Ulzio und Cuneo.«

Ich kam nicht dazu, zu antworten.

»Ich suche die ›Gazzetta Ufficiale‹ mit den Stellenausschreibungen.«

»Welches Datum?«

»Wieso, hat sie denn auch ein Datum?«

Verzweifelt hielt ich Ausschau nach einem Fluchtweg. Vergeblich.

»Hören Sie, letzten Monat habe ich bei Ihnen die ›Gazzetta Ufficiale‹ mit den Stellenausschreibungen gekauft ...«

»Welches Datum?«

»Das habe ich vergessen, aber ich dachte, daß eine der Stellen vielleicht für meine Tochter in Frage kommt.«

Es gab keine Möglichkeit, sich in Sicherheit zu bringen. Nicht mal, sich im Klo einzuschließen. Sie verfolgten einen bis dorthin.

»Nun stand die Ausschreibung aber nicht drin, und ich möchte jetzt von Ihnen wissen, wo ich sie dann finde.«

»Schauen Sie, das weiß ich auch nicht. Kann sein, daß sie bereits in einer früheren Nummer erschienen ist oder daß sie in einer der nachfolgenden Nummern veröffentlicht wurde.«

»Und in welcher Ausgabe genau?«

»Das weiß ich nicht, Signora, ich kenne nicht alle Ausgaben der ›Gazzetta Ufficiale‹ auswendig.«

»Ach? Bieten Sie diesen Service etwa gar nicht?«

21.

Ganz anders Arnoldo (oder Arnoldi): stets aufs Beste erholt, flatterte er wie ein Schmetterling durch die Gegend. Wir rissen uns von fünf Uhr morgens an den Arsch auf, und er kam gegen Mittag in den Laden, in einer »Egoïste«-Wolke, die selbst bei Karl Lagerfeld allergische Reaktionen ausgelöst hätte. Wenn er auf dem Fußboden einen Kassenzettel fand, wurde er fuchsteufelswild.

»Wie oft muß ich euch noch sagen, daß wir in puncto High-tech-image der shop Nummer eins in der Branche sind? Wie sollen wir ein High-tech-image vermitteln, wenn der Fußboden wie eine Müllkippe aussieht?«

Er brauchte nur auf der Fahrt zwischen Wohnung und Geschäft ein bißchen im Stau gestanden zu haben.

»Sind sich in diesem Laden eigentlich alle zu schade, mal die Monitore abzustauben? Soll das etwa der senior manager tun?«

»Wie wär's mit einer Putzfrau«, versuchte ich vorzuschlagen.

»Im budget ist keine Putzfrau vorgesehen. Mailand sind Putzfrauen völlig schnurz. Die Putzfrauen sind wir.«

Dann aber ging er hoch ins Büro und nahm sich automatisch aus. Eines Nachmittags, als ich mal wieder Überstunden machte, rief er mich über das Haustelefon an.

»Die von der Kasse brauchen ein Computervideo. ›Super Cobol Drei, Vier‹. Sieh nach, ob du es in den Regalen findest. Ich habe den buyer hier on line.«

Ich ging zum Informatikregal und sah nach. Ich schlief fast im Stehen ein, und all die Titel überlagerten sich vor meinen Augen. Es waren Hunderte. ›Super Word Vier, Fünf‹, ›Excel Zwei, Eins‹, ›Lotus Mega Sechs, Sieben‹ … Ich suchte und suchte … Ich fand es nicht, obwohl es da sein *mußte*. Ich wollte ihm nicht sagen, daß ich es nicht finden konnte. Ein paar Tage vorher hatte ich mitbekommen, wie er sich bei einer der Verkäuferinnen, die ihn umschwärmten, ausgeheult hatte. Die Burschen vom Zeitungskiosk verstünden nichts von Videos, ohne ihn könne der Laden gleich dichtmachen. Ich rief ihn über das Haustelefon zurück.

»Das Video ist da«, sagte ich.

Kurze Zeit später bemerkte ich einen Typ in blauem Anzug. Es war ein besonderes Blau. Laufburschenblau.

»Ich komme wegen dem Computerkurs.«

»Ich gehe ihn gleich holen.«

Ich suchte und suchte und suchte. Nichts zu machen. Es gab kein ›Super Cobol Drei, Vier‹. Warum hatte mir keiner gesagt, daß der Typ sofort vorbeikommen wollte? Normalerweise kamen die Leute, die anriefen, nie vorbei.

»Also, haben Sie diesen Kurs jetzt da oder nicht?«

»Gibt's ein Problem?« Der Geschäftsführer kehrte gerade von einem Aperitif in der Bar zurück.

»Das Video, wegen dem wir angerufen haben«, antwortete der Laufbursche. »Sie hatten doch gesagt, daß Sie es da haben, aber wie's aussieht, ist es unauffindbar.«

»Wie, unauffindbar? Walter, wo ist es hingekommen?«

»Vielleicht hat ein anderer Kunde es gekauft. Wir haben es wahrscheinlich verkauft«, fabulierte ich.

»Unmöglich. Wir haben heute noch kein einziges Informatikvideo gebongt. Da bin ich mir sicher.«

Kurz darauf bekam ich mit, daß er mit Mailand telefonierte.

»Ja, der Neue, der mit dem Einsteigervertrag war's ... Nein, das Video war nicht da ... Trotz des intensive-training hat er nicht mit der gebotenen Sorgfalt nachgesehen ... Selbstredend, wenn so etwas noch mal vorkommen sollte ... Bestimmte buyer darf man nicht über Gebühr reizen ... Ich faxe euch einen detaillierten Bericht zu ... Auf alle Fälle habe ich den Titel bereits neu bestellt, so daß uns das Geschäft nicht durch die Lappen geht ...«

22.

Bald darauf ging's mit den Beilagen los. Eine römische Tageszeitung war die erste, die sie mitschickte. Eines Morgens entdeckten Super Mario und ich, daß zusätzliche Packen mit den Zeitungen angeliefert worden waren. Sie enthielten Reproduktionen eines alten Fotos, das unsere Stadt zu Anfang des Jahrhunderts zeigte. Auf dem Lieferschein stand, daß die Fotos als Gratisbeilagen in die Zeitungen einzulegen waren. Die Anzahl der Reproduktionen und die der Zeitungen stimmten überein.

»DA, DAS KOSTET UNS NOCH MEHR ZEIT«, kreischte Super Mario.

»Ach was, die haben wir in fünf Minuten eingelegt …«

23.

Ein paar Monate lang wurden die Repros regelmäßig mitgeliefert. Tatsächlich stiegen die Verkaufszahlen der Zeitung. Der Konkurrenz entging diese Entwicklung keineswegs … Innerhalb weniger Wochen hagelte es immer neue Beilagen. Comicstrips über die Fußballvereine, Reportagen über Parkanlagen, Flüsse und Städte, Sammlungen regionaler Sprichwörter, Kochrezepte, Landkarten, alte Drucke, Reproduktionen von Orchesterpartituren und Gemälden … Die Scheißkerle aus den Marketingabteilungen kannten ihre Pappenheimer. Nach jahrelangen Marktforschungen lasen sie in der Psyche des Kioskkunden wie in einem offenen Buch. Hunderte von Zeitungen überschwemmten den Kiosk, und für eine jede gab es eine eigene Beilage. Und wir mußten uns beeilen, beeilen, immer mehr beeilen … Unter Verwünschungen in Diskolautstärke sortierte Super Mario die Wochen- und Monatszeitschriften ein, während ich in jede beschissene Zeitung die jeweilige beschissene Beilage einlegte und dabei bis zum Erbrechen die immer gleichen Handgriffe wiederholte: Zeitung in der Mitte aufschlagen, Beilage einlegen, Zeitung wieder zuklappen, Zeitung in der Mitte aufschlagen, Beilage einlegen, Zeitung wieder zuklappen, Zeitung in der Mitte aufschlagen ...

Aufgepumpt wie eine Kröte, stolperte Super Mario auf seinen höhergelegten Mokassins durch die Gegend, und die von der neuen Manie infizierten Leute stürzten sich auf mich.

»Hören Sie, ich bin Sammler und möchte nicht, daß mein Exemplar beschädigt wird ... Ich kann doch zwei Exemplare haben, nicht wahr? Wo ihr sie sowieso verschenkt.«

»Hören Sie, in meiner Zeitung von gestern fehlte die Beilage. Können Sie sie in die von heute mit einlegen?«

»Hören Sie, diese Beilagen habe ich nie mitgenommen. Nun war ich letzte Woche aber bei meiner Schwester, die sie alle aufgehoben hat, und ich fand sie ausgesprochen interessant. Mir wurde gesagt, daß ich hier bei Ihnen auch die alten bekomme, stimmt das?«

»Ich habe die Beilagen zum Buchbinder gebracht« – mittlerweile haßte ich die Buchbinder – »und ihm ist aufgefallen, daß mir zwei fehlen. Wahrscheinlich war ich ein Wochenende am Meer und habe sie deshalb nicht gekriegt. Aber jetzt brauche ich sie ganz dringend.«

24.

Da ich im August eingestellt worden war, standen mir um Ostern herum ein paar Wochen Urlaub zu. Ausnahmsweise wurde ich mal für's Nichtstun bezahlt. Aber die ganze Sache stank mir. Es war offensichtlich, daß sie mir das restliche Jahr über sehr viel weniger zahlten, als ich einbrachte. Wenn man darüber nachdachte, daß es so auf globaler Ebene lief – ganz zu schweigen von den südafrikanischen Minenarbeitern oder den kleinen Mädchen, die in Thailand für drei Dollar die Woche Spielzeug zusammenbauten –, tja, dann war klar, aus welcher Richtung der Wind in letzter Zeit wehte.

Vierzehn Tage lang führte ich wieder ein anständiges Leben. Aber vierzehn Tage gehen schnell vorbei. Bevor ich mir das ins Bewußtsein rufen konnte, mußte ich mich schon wieder mit Zeitungen, Beilagen und Enzyklopädien herumschlagen.

25.

Auf diese Weise vergeudete ich noch ein paar Monate. Nach einem Jahr hatte ich genug. Die Stellenausschreibungen, vergriffenen Zeitungsnummern und Klassenlotterien hatten mich an den Rand des Nervenzusammenbruchs gebracht. Ich beschloß zu kündigen. Das Leben als Zeitungsverkäufer war nichts für mich. Das war keine menschenwürdige Existenz. In einer Aufwallung von Selbstachtung ging ich eines Nachmittags nach Feierabend, mit dem festen Entschluß, den Kram hinzuschmeißen, zum Geschäftsführer.

»Hallo, Walter«, empfing er mich, »eben habe ich an dich gedacht.«

Er war gerade aus Mailand zurück.

»Ach ja?«

»Gestern habe ich an einer convention auf allerhöchster Ebene teilgenommen. In Anbetracht der Tatsache, daß immer mehr Arbeit anfällt und wir im budget sind, wurde beschlossen, noch jemanden für den Verkauf einzustellen. Was würdest du zu einer Änderung deiner Arbeitszeit sagen, dahingehend, daß du full-time bei den Kassetten arbeitest? Dein Ein-Jahres-Vertrag wird verlängert und in eine Festanstellung umgewandelt – trotz dieser Geschichte mit dem Computervideo.«

»Wieso ausgerechnet ich?«

»Du weißt doch, daß Super Mario nachmittags zu seinem Gehkurs geht und nicht die Absicht hat, darauf zu verzichten. Wir brauchen jemanden, der Egidio bei den Videos hilft. Auf diese Weise kann ich hier oben im Büro die Vertreter empfangen und mich dem business-planning widmen.«

»Verstehe.«

»Neue skills zu lernen erfordert natürlich Zeit. Vielleicht mußt du anfangs noch mal ein paar Überstunden machen. Aber die Opfer zahlen sich aus, glaub mir ... Ich persönlich habe viele Überstunden gemacht, und sieh selbst, zu was ich es gebracht habe.«

Ich sah selbst. Er schien noch fetter geworden zu sein, und die Knöpfe seines Hemds, das er sich erst vor ein paar Monaten hatte maßanfertigen lassen, standen kurz vorm Abplatzen. Die Krawatte war Armani. Der Anzug Luciano Soprani. Die Schuhe Lobbs. Das Parfüm war »Excès«, literweise, wie immer.

»Die neue Ordnung gibt mir den Freiraum, mich mehr um die strategische Führung des shops zu kümmern und damit den input umzusetzen, den ich gestern beim briefing mit dem Team Topmanagement bekommen habe.«

Allgemeinverständlich ausgedrückt bedeutete das, daß

er noch mehr Gelegenheit haben würde, den Schürzen aus der Nachbarschaft nachzujagen.

»Du mußt wissen, die in Mailand haben entschieden, in ganz Italien an die Tausend shops im franchising zu eröffnen. Als Projekt mit Pilotfunktion sind wir das Vorbild, nach dem sich die anderen richten.«

»Und was für ein Vorbild!«

»Das kannst du laut sagen. Unsere Videothek macht den meisten Umsatz in der Stadt. Wir werden die profitabelste Kette ganz Italiens auf unserem field. Und da gibt es Leute, die immer noch meinen, Bücher an den Mann bringen zu müssen! Die Zukunft gehört den laufenden Bildern, nicht den unbeweglichen Wörtern. Darüber hinaus hat Mailand beschlossen, daß das Team anschließend nach Europa, Amerika, Asien, Afrika und in die ganze Welt expandiert ...«

Im Rausch des Machtdeliriums hatte er Australien und die Polkappen übersehen.

»Jeder kriegt die Chance, Karriere zu machen. Wir werden die competitors zerquetschen, wir werden Erfolg haben, wo die anderen gescheitert sind, unser Weg wird uns unaufhaltsam zum leadership führen, du wirst sehen ... Wir werden Videos verkaufen, wie man in den hard-discounts Cola-Dosen verkauft ...«

2. Kapitel

1.

Mein Vertrag wurde also erneuert und ich auf die vierte Gehaltsstufe befördert. Von nun an arbeitete ich in der Videoabteilung. Meine Arbeitszeit ging jetzt eigentlich von elf bis neunzehn Uhr dreißig, aber dazu kamen noch die Überstunden. Man hatte nur deshalb noch jemanden eingestellt, weil das Geschäft immer mehr boomte. Unterbesetzt waren wir nach wie vor. Der neue Kollege war Pier Paolo, ein Freund von Super Mario, und er besuchte dieselbe Dressman-Schule. Wenn man den Laden betrat, hatte man unwillkürlich den Eindruck, als habe man sich in der Adresse geirrt und sei in die Anproben bei Pitti Uomo geraten. Ich merkte schon bald, daß zwischen angehenden Dressmen große Rivalität herrscht. Die beiden wackelten die Videothek rauf und runter, das Kinn vorgestreckt, die Bewegungen gewunden, der Gang katzenhaft, einen Packen ›Tuttosport‹ in einer Hand, drei Exemplare vom ›Bolero‹ in der anderen. Damit ihr Gang besser zur Geltung kam, trugen sie ausschließlich Damen-Stretchjeans und hautenge Unterhemden. Die Verkäuferinnen warfen ihnen Blicke zu, als wären sie zwei riesige wandelnde Phalli, während die beiden hochnäsig und unwiderstehlich durch die Gegend stolzierten. Egidio dagegen war völlig durch den Wind. Er schlich die Wände entlang. Er versteckte sich hinter den Regalen. Er mied die Toilette.

»Hör mal, Egidio. Super Mario und Hyper Paolo (den Beinamen hatte er sich zugelegt, seit er den Dressman-Kurs besuchte), sind beide notorische Heteros. Wenn überhaupt, dann sind die Verkäuferinnen gefährdet, das weißt du doch.«

»Ich weiß es sehr zu schätzen, daß du mich beruhigen willst, lieber Kollege, aber ich flehe dich an, laß mich nie mit den beiden allein. Dafür wäre ich dir wirklich unendlich dankbar.«

»In Ordnung, Egidio. Ich kapiere bloß nicht, weshalb du dir solche Sorgen machen solltest.«

»Wenn du gesehen hättest, was meine alten Chefs mit mir gemacht haben … Soll ich's dir zeigen?«

»Nein, danke, Egidio, heute nicht. Vielleicht ein andermal.«

2.

Die Verkäuferinnen interessierten sich aber nicht nur für Haltung und Gang. Die Verkäuferinnen waren heiß aufs Vögeln. Besonders die um die dreißig. Eines Nachmittags zog ich gerade die Opera omnia von Russ Meyer aus einem Karton, als eine Stimme hinter meinem Rücken mich innehalten ließ.

»Äh, Entschuldigung …« Vor mir stand eine Blaßblonde aus einem Luxus-Strumpfgeschäft in der Nachbarschaft. Sie trug ein paar Quadratzentimeter schwarzen Stoff in Form eines Unterrocks am Leib sowie ein Paar hoher Wildlederstiefel, ebenfalls schwarz. Lange Beine. Glatte Haare. Vielleicht gefärbt.

»Ja?«

»Ich wollte mir am Wochenende einen Autorenfilm anschauen. Hast du vielleicht einen Tip?«

»Aber sicher«, erwiderte ich, während ich irgendeinen Titel aus der Theke nahm. Ich weiß zwar nicht wie, aber ich schaffte es, ihn ihr anzudrehen: Es handelte sich um die ungekürzte Fassung von Syberbergs ›Hitler‹. Im ersten Moment machte mich die Sache stutzig, aber dann dachte ich nicht mehr daran.

Die Woche drauf stellte ich gerade in einem Regal die alphabetische Reihenfolge wieder her, als ich ein paar Meter entfernt ein Hüsteln hörte. Ich drehte mich um. Sie. Selbes Kleid. Selbe Stiefel.

»Könntest du mir kurz helfen?«

»Klar.«

»Den Film, den du mir empfohlen hast, fand ich unheimlich toll. Ich wollte mir jetzt einen für kommendes Wochenende aussuchen.«

Sie verließ den Laden mit sämtlichen dreizehn Folgen von Edgar Reitz' ›Heimat 2‹ in der Tasche. Mir kamen Zweifel, ob der Autorenfilm nicht vielleicht doch ein Vorwand war. Während sie zum Ausgang strebte, stellte ich fest, daß der Unterrock die Titten mehr schlecht als recht verhüllte.

Weitere fünf oder sechs Tage vergingen. Dann kam sie wieder. Identisches Kleid. Identische Stiefel. Identische Titten.

»Ciao«, begrüßte sie mich. »Hör mal, es war toll!«

»Da bin ich aber froh.«

»Warum gibst du mir nicht auch für dieses Wochenende einen Tip?«

»Nun, ich hätte da den ›Dekalog‹ von Kieslowski. Wir könnten uns aber auch treffen, was hältst du davon?«

3.

Samstag abend kam unausweichlich. Seit der Uni hatte ich keine Verabredung mehr mit einer Frau gehabt. Gegen sieben verließ ich kurz den Laden, um zur Apotheke zu gehen. Vor mir standen die Fixer Schlange. Ich stellte mich an und wartete, bis ich drankam.

»Spritzen sind aus«, teilte mir der Apotheker mit, als ich an der Reihe war.

»Dann geben Sie mir Präservative.«

»Wie viele wollen Sie? Wir haben Schachteln zu fünf, zehn und zwanzig Stück.«

»Sagen wir zwanzig.«

Ich ging zur Videothek zurück. Nach Ladenschluß holte mich die Blaßblonde ab. Sie fuhr einen petrolfarbenen Lancia. Sie schob eine Kassette ein. Madonna.

»Hast du nichts Besseres da?« fragte ich sie.

»Was gibt's denn Besseres?«

»Ach, ich weiß nicht, Albinoni zum Beispiel.«

»Ich steh nicht so auf die italienischen Liedermacher.«

»Verstehe.«

4.

Rauf und runter, rauf und runter, wie ein Aufzug ... Nur ein bißchen schneller als ein Aufzug, vielleicht ... Und während sie sich wand, versuchte ich mich auf etwas zu konzentrieren, auf irgendwas ... Die noch unausgepackte ›Hitler‹-Kassette auf dem Fernseher, der ›Vogue‹-Stapel an der Wand neben dem Bett, und, weiß der Himmel warum, die deutsche Weltmeisterschaftself von 1974 ... Da war ich noch in der Grundschule ... Maier, Vogts, Breitner ... Sie stopfte mir gerade eine Titte in den Mund ... Bonhof, Beckenbauer, Schwarzenbeck ... Jeder Spieler ein Stoß in ihre Muschi ... Grabowski ... Mir fiel nicht ein, wer die Nummer acht hatte ... Grabowski ... Verdammte Scheiße, wer war die Acht ... Bonhof, Beckenbauer, Schwarzenbeck, Grabowski, ich konnte doch unmöglich den Rechtsaußen vergessen haben … Grabowski … Ich merkte, daß sie mir einen Finger in den Arsch stecken wollte … In Anbetracht ihrer langen Fingernägel beschloß ich, sie mit einer Hand zurückzuweisen … Maier, Vogts, Breitner, Bonhof, Beckenbauer, Schwarzenbeck, Grabowski, HOENESS, MEIN GOTT, HOENESS WAR DIE ACHT, Müller, Overath, Overath, Overath … Jetzt fehlte nur noch der Elfer … Ich merkte, daß sie kam … Der ›Hitler‹ auf dem Fernseher … Der ›Vogue‹-Stapel neben dem Bett … Wir hatten uns noch nicht mal vorgestellt … Grabowski, Müller, Overath, jetzt kam auch ich, HÖLZENBEIN HÖLZENBEIN HÖLZENBEIN HÖLZENBEIN HÖLZENBEIN HÖLZENBEIN HÖLZENBEIN HÖLZENBEIN HÖLZENBEIN HÖLZENBEIN HÖLZENBEIN HÖLZENBEIN HÖLZENBEIN HÖLZENBEIN HÖLZENBEIN …

5.

Vorher hatte ich Zeitschriftenpacken aufgerissen. Jetzt riß ich große Kartons voller Kassetten auf. Die Welt war übervölkert von schaffensfreudigen Regisseuren. Woche für Woche wurden Hunderte von neuen Titeln auf den Markt geworfen. Zeichentrickfilme, Dokumentarfilme, Computerkurse, orientalische Massage, Do-it-yourself. Und weil Egidio aufgrund seiner Wehwehchen nur als halbe Kraft durchging, kam ich nicht mal zum Pinkeln. Er saß an der Kasse, Arnaldo oder Arnoldo schwatzte mit der gerade aktuellen Freundin oder Verkäuferin, und ich zog Video um Video aus diesen Kartons ohne Boden und rackerte mich so gut es ging ab, um sie in den Computer einzugeben und auf den Ladentheken auszulegen, die Überschüssigen ins Regal zu stellen und die alten Titel in den Schaufenstern durch neue zu ersetzen. An manchen Nachmittagen brachten uns die Lieferanten vierzig oder fünfzig Kollis mit Neuheiten, und dann gab es in dem Raum hinten im Laden, wo ich die eingetroffene Ware sortierte, kein Durchkommen mehr. Der Geschäftsführer genehmigte sich ein Päuschen vom vielen Schwatzen und kam mal nach dem Rechten sehen.

»Junge, Junge, bei dir ist heute ja ganz schön was los, wie ich sehe«, sagte er und lächelte in seinem Cerruti-1881-Anzug, dem Paul-Smith-Hemd, der Christian-Dior-Krawatte, dem Duft »Insensé«, den Locke-Mokassins. Schweißgebadet, wie ich war, gab ich ihm lieber keine Antwort. Aber auch er bekam manchmal Probleme.

Sein Schrecken war der Topmanager des Teams. Zu Arnoldarnaldos Pech besaß der Team Topmanager einen Videorecorder. Und er machte reichlich Gebrauch davon. Wenn er den Laden betrat, geriet unser Geschäftsführer ins Schwitzen. Der Topmanager wohnte in Mailand, aber häufig kam er zu uns. Er suchte Selbstunterrichtskurse in Finanzwissenschaft, Wirtschaft und Recht … Arnoldarnaldo versuchte ihm unter allen Umständen behilflich zu sein und machte hier und da Vorschläge. Der Topmanager hörte ihm nicht mal zu.

»Ich will das und das und das«, sagte er.

Der Geschäftsführer flog von einem Regal zum anderen wie ein brünstiger Wiedehopf – wenn Wiedehopfe denn brünstig werden. Er stieß überall an, bahnte sich mit den Ellbogen einen Weg durch die normale Kundschaft und hinterließ schwitzige Fingerabdrücke auf den Videokassetten. Nur selten fand er etwas. Also kam er flehend zum Topmanager gelaufen.

»Dauert nur einen Augenblick. Ich schicke gleich jemanden ins Lager, damit er Ihnen die fehlenden Videos holt.«

Der Top würdigte ihn keines Wortes. Der Blick, den Arnoldarnaldo mir zuwarf, war ein Mittelding zwischen kategorischem Imperativ und inständiger Bitte. Ich verschwand Richtung Lager beziehungsweise in die Videotheken in der Nachbarschaft. Ein paar davon waren nämlich in Sachen Technik-Didaktik superspezialisiert, und normalerweise wurde ich dort fündig. Bei meiner Rückkehr schien der Geschäftsführer zwei bis drei Kilo abgenommen zu haben. Der Top krallte sich die Videokassetten und verließ grußlos den Laden. Verstört von den vergangenen fünfzehn Minuten und immer noch wie frisch aus der Sauna, ließ Arnaldarnoldo sich auf einen Stuhl sinken. Dann verschwand er im Klo, um sich das Gesicht zu waschen und die Krawatte zu wechseln. Nachdem er seine Selbstsicherheit zurückgewonnen hatte, machte er sich wieder ans Schwatzen.

6.

Eines Tages flatterte mir die Kündigung ins Haus. Die Vermieterin wollte das Haus an eine Immobilienfirma verkaufen, die es umbauen und als Bürogebäude nutzen wollte.

Tatsache war, daß ich nie einen regulären Mietvertrag zu der gesetzlich festgelegten Miete unterschrieben hatte. Die Nutte, die von den Mieteinnahmen aus den ererbten Immobilien lebte, stand nach einhelliger Meinung der Mieterschaft kurz vor der Abreise nach Miami oder Costa Rica.

Wochenlang blätterte ich die Zeitung unter der Rubrik WOHNUNGSANGEBOTE durch, aber die Mieten waren unerschwinglich, und wenn sie nicht erwähnt wurden, brauchte man gar nicht erst anzurufen. Die Zeit verging, und der Tag, an dem ich das Zimmer geräumt haben mußte, rückte näher. Abgesehen von den Luxus-Penthousewohnungen gab es in der ganzen Stadt offenbar nichts als Bruchbuden oder Fremdenzimmer zur »vorübergehenden Nutzung« – natürlich nur, sofern man bereit war, den betrügerischen Vertrag der Hausverwaltung zu akzeptieren, hinter der sich der wahre Besitzer tarnte.

7.

Ich hängte mich ans Telefon.

»Hallo, ich rufe wegen Ihrer Anzeige in der Zeitung von heute an ...«

»Ja ...« Es war ein Mann.

»Tja, mir ist da etwas nicht ganz klar. Es ist die Rede von einem möblierten Zimmer, das von der übrigen Wohnung abgetrennt ist. Und was ist mit dem Bad?«

»Das Bad wird gemeinsam benutzt. Die Küche übrigens auch.«

»Gut. Und die Miete?«

»Oh, das kommt darauf an ... Vielleicht kommst du vorbei, um dir das Zimmer anzusehen, dann können wir darüber reden.«

»Damit Sie nicht unnötig Zeit verlieren, würde ich gerne wissen, an welche Summe Sie in etwa gedacht hätten.«

»Gott, was bist du materialistisch. Komm zu mir, wir werden schon einen Weg finden ...«

»Wie meinen Sie das?«

»Hegst du Vorurteile gegenüber Sadomaso-Fetischisten?«

8.

»Hallo, ich rufe wegen der Anzeige in der Zeitung von heute an …«

»Ja …« Es war eine Frau.

»Also, die Miete ist okay, aber sonst steht da fast gar nichts über diese Einzimmerwohnung.«

»Was wollen Sie wissen?«

»In welchem Stock liegt sie?«

»Achter. Es ist ein Dachzimmer.«

»Gibt es einen Aufzug?«

»Nein, kein Aufzug.«

»Eine Kochecke?«

»Nein, keine Kochecke.«

»Eine Heizung?«

»Keine Heizung.«

»Und was ist mit Bad und Toilette?«

»Im Flur gibt es ein Waschbecken.«

»Wie, im Flur?«

»Im Flur, es wird von allen Dachzimmern gemeinschaftlich genutzt.«

»Eine Toilette wäre aber schon nicht schlecht, finden Sie nicht?«

»Die Toilette ist unten im Garten.«

»Wie meinen Sie das?«

»Das Mietshaus, in dem sich die Wohnung befindet, liegt direkt am Stadtpark. Da stehen ein paar Pissoirs. Die Gemeinde hält sie sauber, und …«

Ich legte auf.

9.

»Hallo, ich rufe wegen der Anzeige in der Zeitung von heute an …«

»In wessen Auftrag rufen Sie an?« Es war eine Frau.

»Wie, in wessen Auftrag?«

»Suchen Sie selbst eine Wohnung? Oder rufen Sie für jemand anderes an?«

»Nein, ich suche selbst eine Wohnung.«

»Dann tut es mir leid, aber ich vermiete diese Zweizimmerwohnung nicht an Männer, nur an junge Frauen.«

»In der Anzeige stand aber nichts über das Geschlecht der zukünftigen Mieter.«

»Machen Sie Witze? Bei den Anzeigenpreisen heutzutage? Wie dem auch sei, ich will keine Männer, nur junge Frauen.«

Vielleicht gehörte sie ja einem Mädchenhändlerring an.

Wie sollte man es bloß anstellen, eine normale Mietwohnung zu finden? Es konnte doch unmöglich nichts anderes geben als widerliche Löcher oder Wohnungen Marke LUXURIÖSES PENTHOUSE NEUN ZIMMER DREI BÄDER ETAGENHEIZUNG TENNISPLATZ BILLARDTISCH SWIMMINGPOOL GARAGE AB SOFORT KAUTION DREISSIG MILLIONEN!

Hier war doch nicht Manhattan! Im Stadtzentrum sah man ständig ganze Häuser, die unbewohnt waren. Die Besitzer ließen sie lieber leerstehen als sich auf Mieten einzulassen, die wenigstens den Anschein von Anstand wahrten.

Nur für die Nicht-EU-Ausländer machten sie eine Ausnahme: Allerdings erreichte in deren Fall das Verhältnis Bewohner-Quadratmeter völlig neue Dimensionen. Statt dreißig Quadratmeter pro Person dreißig Personen pro Quadratmeter.

10.

Irgendwann überlegte ich, ob ich mir nicht ein Auto aus vierter oder fünfter Hand zulegen sollte, damit ich wenigstens was zum Schlafen hatte. Dann kam mir der Gedanke, daß ich mit einem Auto ja auch pendeln könnte. Also studierte ich die Wohnungsangebote im näheren Umland. Auch dort waren die Mieten zu hoch. Ich versuchte es noch etwas weiter außerhalb. Und noch etwas weiter. Schließlich fand ich eine Wohnung. In Largo.

11.

Largo war der Ort mit den wenigsten Einwohnern, der mir je untergekommen war. Ich glaube, alles in allem gab's dort keine hundert Ortsansässigen. Der einzige Friseur hatte vor Jahren zugemacht. Ein Kino hatte es hier nie gegeben. Die mit Schlaglöchern übersäten Straßen wurden tagtäglich von Kühen zugekackt, und auf einer Hauswand am Ortseingang hielt sich noch aus Mussolinis Zeiten die Aufschrift SIEGEN, obwohl die riesigen Buchstaben mit der Zeit verblichen waren. Zwei wenige Meter auseinander liegende Bars machten sich die Dorftrinker streitig, indem sie Mini-Kartenturniere organisierten. Grundschule und Friedhof waren vorhanden. Und es gab vier Kirchen.

12.

Meine neue Behausung bestand aus zwei möblierten Zimmern, die über die beiden Stockwerke eines mitten im Grünen gelegenen alten Bauernhauses verteilt waren. Eine schmiedeeiserne Wendeltreppe verband die Räume. Genau wie in der Via Nagasaki waren Bad und Kochecke eins, allerdings befand sich das Klo statt auf dem Gang im Hof, und es sah aus wie eine gemauerte Telefonzelle. Auf die Zellentür hatte irgendein Freund der Unmißverständlichkeit mit weißer Farbe in riesigen Lettern das Wort KLO geschrieben. Dem Vermieter gehörte auch eine der beiden Bars. Eigentlich hätte einmal sein Sohn dort einziehen sollen, wenn er heiratete. Der Sohn hatte sich einen Monat zuvor umgebracht. Daraufhin hatten sie die Anzeige in die Zeitung gesetzt.

Trotz der Entfernung war der Umzug kein Problem. Ich besaß praktisch nichts. Ich transportierte meine Habe mit einem Wild-West-Bummelzug, der eine Reihe von Geisterdörfern mit der Stadt verband. Anfangs benutzte ich ihn auch für den Weg zur Arbeit. Die Züge fuhren nicht eben häufig, weshalb ich vor Morgengrauen aus dem Haus mußte und erst nach Sonnenuntergang zurück kam. Ich durchforstete noch einmal die Kleinanzeigen, und schon nach wenigen Wochen hatte ich das passende Auto für mich gefunden: eine alte Ente aus sechster oder siebter Hand für eine Million Lire. So hatte ich jetzt also eine feste Arbeit, ein Bankkonto und ein Auto. Ich war sechsundzwanzig. Um das Werk zu vollenden, fehlten mir nur noch das Magengeschwür und eine neurotische Ehefrau.

13.

Den Führerschein hatte ich sechs oder sieben Jahre zuvor gemacht, nach dem Abitur. In der Zwischenzeit hatte ich das Fahren verlernt und die meisten Verkehrsregeln vergessen. Ich saß völlig verkrampft hinterm Steuer, und vor lauter Anstrengung, keinem hinten draufzufahren, übersah ich die Schilder am Straßenrand. Innerhalb von zwei Wochen verursachte ich zwei Verkehrsunfälle. Beim ersten mißachtete ich auf einer Nebenstraße die Vorfahrt von rechts. Beim zweiten mißachtete ich an einem Stoppschild die Vorfahrt von links. Die Ente fuhr noch, allerdings war die Kühlerpartie symmetrisch an den Seiten eingedellt, und die Motorhaube wurde von einer Schnur zusammengehalten. Dafür florierte dank meiner die Versicherungsbranche.

Die Jungs auf der Arbeit fuhren alle niegelnagelneue Riesenschlitten mit allen Schikanen. Der Geschäftsführer hatte einen Lexus, Super Mario und Hyper Paolo jeweils einen Renault Espace, Egidio sogar einen BMW 320 I Coupé, den er mit Lega-Nord-Aufklebern zugepflastert hatte. Abgesehen von Arnoldarnaldo verdienten die anderen genauso viel wie ich, aber wenn man ihre Karren sah, hielt man sie für Topmanager. Jeden Monat zahlten sie brav die Raten, und genauso würden sie früher oder später die Raten für das Häuschen am Meer, die Küchengeräte oder die Zahnprothese abstottern. Vielleicht würden sie eines Tages wegen der Schulden, der Metzgerrechnung und einem Knöllchen wegen Parkens im Halteverbot ihre Kinder erschießen, weil die den Konservenfraß nicht aufessen wollten. Einstweilen allerdings konnten sie sich vor Lachen kaum halten, wenn ihr Blick auf meine vorm Schaufenster geparkte Ente fiel.

14.

Zur Abwechslung gab's mal wieder mehr Arbeit. Die Großhändler lieferten tonnenweise Videos. Es gab nicht genug Platz, um alle neuen Titel an den Theken auszustellen, und manche blieben nicht mal eine Woche im Angebot. Schnell fand ich heraus, daß die allerletzten Schrottfilme schon die Spitzenposition bei den meistgesehenen Videos erobert hatten, noch bevor sie überhaupt in die Läden kamen. Natürlich mußten wir das budget erreichen. Monat für Monat, Tag für Tag, gemäß unerbittlichen Verkaufsstatistiken. Vom Verhältnis Einnahmenentwicklung/budget-Vorgaben hing der Kopf des Geschäftsführers ab ... und unser Überleben an diesem Ort.

»Walter, das layout beim Horror muß von Grund auf neu gemacht werden. Die Statistiken, die sie über Modem aus New York durchgegeben haben, besagen, daß wir beim Horror um zwei Prozent hinterherhinken.«

Arnaldarnoldo verbrachte Stunden vor dem Computer. Er versuchte das Gesamt-budget jedes Tages in viele Einzel-budgets nach Tageszeiten zu unterteilen ...

»Walter, Schaufenster vier muß komplett neugestaltet werden. Wir sind hier, damit wir verkaufen; Mailand interessiert sich nicht für unser kulturelles Engagement. Schmeiß den Rohmer raus und leg den Brass rein.«

Oft jedoch genügte selbst tägliches Neudekorieren der Tische und Schaufenster noch nicht. Vergangenen Sommer war ein berühmter Regisseur gestorben, und seine über Nacht wieder auf den Markt geworfenen Filme hatten die Verkaufszahlen beträchtlich in die Höhe schnellen lassen. Die in Mailand interessierten sich allerdings nur für die Zahlen. Ihrer Meinung nach mußten die Einnahmen von Jahr zu Jahr regelmäßig um zwanzig Prozent steigen. Äußere Faktoren wurden nicht berücksichtigt, unter gar keinen Umständen. Wenn Arnoldarnaldo um halb zwölf den Laden betrat, warf er als erstes einen Blick auf die Schlagzeilen der Tageszeitungen. Dann ging er schnurstracks zu den Todesanzeigen über.

»Da schaut man besser genau hin«, sagte er. »Vielleicht haben wir ja Glück.«

15.

Abgesehen vom budget, das zu erreichen war, drohte immer auch ein Besuch des Topmanagers.

Eines Tages bemerkte ich, daß er eine Kassette aus der ›Winner‹-Reihe nahm; der Titel lautete: ›Machen Sie Geld wie Heu und werden Sie glücklich‹. Die Woche drauf kam er wieder. In der Hand hielt er die Videokassette.

»Der Ton fehlt«, hörte ich ihn zu Arnoldarnaldo sagen. Es fehlte nicht viel, und mein Chef wäre von seinem Hocker hinter der Kasse gefallen.

»Ach du meine Güte, wir bestellen sie Ihnen unverzüglich neu. Oder nein, Walter, lauf ins Lager und besorg eine andere!«

In dem Geschäft, das bei uns »das Lager« hieß, hatten sie das Video. Da wir mittlerweile Stammkunden waren, ließ ich anschreiben und lief zurück zur base.

»Da ist sie ja, wie Sie sehen, haben wir die Sache sofort erledigt«, lächelte Arnaldarnoldo den Topmanager an. Dieser nahm die Kassette und ging.

Eine Woche später war er wieder da. Wieder mit der Videokassette.

»Der Ton fehlt«, sagte er.

Ohne abzuwarten, daß der wie gelähmte Geschäftsführer mich losschickte, nahm ich die Kassette, als ob ich sie ins Lager zurückbringen müßte, und verließ den

Laden. Denen von der Konkurrenz sagte ich, sie sei fehlerhaft. Sie tauschten sie gegen eine andere um. Meine Rückkehr hauchte Arnoldarnaldo neues Leben ein.

»Wissen Sie«, stammelte er bleich und schwitzend, »manchmal kommt es beim Bespielen zu diesen kleinen Mißgeschicken.«

Der Topmanager nahm mir die Videokassette aus der Hand.

»Entschuldigen Sie bitte das bedauerliche Mißverständnis, wie immer ...«

Der Top ging hinaus.

» ... haben wir das Problem ...« Der andere war grußlos gegangen.

» ... unverzüglich gelöst. Background, knowhow, feedback, blackout«, fügte er, zu mir gewandt, hinzu.

16.

In solchen Phasen gab es nur einen einzigen Augenblick der Ruhe: die halbe Stunde Mittagspause. Nur, daß die Bar gegenüber dem Laden auch von unseren Kunden frequentiert wurde. Nie konnte ich in Ruhe essen. Beispielsweise versuchte ich gerade eine Minute zu relaxen, während ich einen Kamillentee schlürfte und die Mord- und Totschlagsseiten der lokalen Tageszeitung las, wo über Vergewaltigungen, Raubüberfälle, Drogentote, Kurzarbeit und Konkursbetrügereien berichtet wurde, als ein Typ an meinen Tisch kam und sich lächelnd neben mich setzte.

»He, Sie arbeiten doch drüben im Videokiosk, nicht wahr?«

»Ja.«

»Das trifft sich gut, ich wollte Sie nämlich fragen,

ob der letzte ›Hellraiser‹ schon als Video rausgekommen ist?«

Ich las gerade einen Artikel, in dem einer mit einer Strumpfhose erwürgt worden war. Leider trug ich keine Strumpfhosen.

»Ich habe den Überblick über die neuen ›Hellraiser‹-Filme verloren.«

»Ich bin verrückt nach Freddy-Krueger-Filmen. Ich hab alle gesehen.«

»Ach, wirklich?«

»Ich will absolut sichergehen, daß ich keinen verpasse. Wußten Sie, daß ich Drehbücher schreibe und mich dabei von den Freddy-Krueger-Filmen inspirieren lasse?«

»Ist nicht wahr.«

»Im Ernst. Wenn Sie wollen, erzähle ich Ihnen eine Story.«

»Nein, danke. Ich muß zur Arbeit zurück, wenn's Ihnen nichts ausmacht.«

»Wo ich schon mal hier bin, begleite ich Sie. Also, die Handlung geht so ...«

17.

Ständig begegnete ich unseren Kunden. Das Problem war, daß ich mich nicht an ihre Gesichter erinnerte, während sie sich immer an meines erinnerten. Ich wußte nicht, wie ich ihnen aus dem Weg gehen sollte. Selbst wenn ich irgendwann mal diesen Job verlieren würde, wäre es mir für alle Ewigkeit unmöglich, alten Damen auf der Straße die Handtasche zu klauen. Überall wurde ich von Unbekannten gegrüßt und in ein Gespräch verwickelt.

»He, Sie arbeiten doch in dieser Videothek mit dem Zeitschriftenkiosk in der City«, hörte ich hinter mir jemanden sagen, während ich mit meinem Einkaufswagen voll Wein im Tetra Pack und cellophanverpackten Hühnchenbrüsten an der Supermarktkasse anstand.

»Leider.« Ich war wenige Meter von der Kasse entfernt eingekeilt und hatte keine Chance zu entkommen.

»Ich war mir sicher, daß ich Sie schon mal irgendwo gesehen habe. Wissen Sie, ich kaufe immer ›Turm und Springer‹ und habe jetzt damit begonnen, die ›Enzyklopädie des Schachspiels‹ zu sammeln.«

»Das ist ja interessant.«

»Sagen Sie mal, haben Sie zufällig noch die Ausgabe da, wo es den ersten schwarzen Bauern dazu gab?«

Ich brauchte nur an irgendeiner Tankstelle zum Tanken anzuhalten.

»He, sieh dir mal diesen Schrotthaufen an«, sagte ein junger Mann zu dem Tankwart, der das Auto vor mir volltankte.

»Ne Delle auf vier Rädern«, gab der andere zurück. »Aber den Typ da am Lenkrad, ich glaub, den kenn ich ...«

Während ich die Sonnenbrille aufsetzte, beschloß ich, mir einen falschen Bart zu kaufen und griffbereit aufs Armaturenbrett zu legen. Wie zum Teufel meisterte Richard Gere seinen Alltag?

»Na klar! Sie sind in diesem Kiosk angestellt, der auch Videokassetten hat und wo ich immer mit meiner Frau nach Häkelzeitschriften schaue.« Er wirkte aufrichtig glücklich, daß er mich wiedererkannt hatte. »Mensch, wieso fahren Sie bloß mit so einer Karre durch die Gegend?«

»Ich fand sie nicht aerodynamisch genug. Also hab ich ein paar Korrekturen vorgenommen, damit sie schnittiger wird.«

In diesem Augenblick kam die Ehefrau hinzu.

»Hören Sie mal, das ›Burda‹-Sonderheft Kindermode ist jetzt schon mehr als einen Monat überfällig. Darf man vielleicht erfahren, wann es endlich erscheint?«

18.

Mit der Blaßblonden lief nichts mehr. Wenn sie mir zufällig über den Weg lief, tat sie so, als ob sie mich nicht sah. Dann lernte ich eine Brünette kennen. Eine Hutverkäuferin. Sie lief immer braungebrannt durch die Gegend und trug ausschließlich hautenge Kleider oder superkurze Miniröcke. Sie hatte eine Vorliebe für hohe Absätze, Netzstrümpfe und dickes Make-up. Der Prototyp der idealen Verkäuferin.

»Du hast aber einen schönen Gürtel«, sprach sie mich an und bückte sich zu meinem Hosenschlitz hinunter.

»Und so eine schöne Schnalle«, fügte sie hinzu, während sie darüber strich und mir gleichzeitig in die Augen sah. Beim Bücken rutschte der Minirock ein gutes Stück hoch. Dies lenkte nicht eben wenige Kunden ab, die eigentlich hergekommen waren, um die Kassette mit den Papstreisen oder die letzte Dokumentation über Mutter Teresa in Kalkutta zu kaufen. Vor Verlegenheit wurde ich rot.

»Ich gehe heute abend ins Kino. Ich bin allein, warum kommst du nicht mit?«

»Lieber ein andermal. Ich bin bei Freunden eingeladen und kann unmöglich absagen.«

Aber sie ließ nicht locker. Sie provozierte. Die Miniröcke wurden immer kürzer. Die Absätze höher. Die Titten größer. Ich schlingerte und stampfte durch den Laden, trug Stapel mit dreißig oder vierzig Kassetten auf einmal, gab den Kunden Auskunft, stolperte über die Leinen der unvermeidlichen Hundeliebhaberinnen, während sie die ganze Zeit hinter mir her lief und meinen Nacken kraulte.

»Du hast aber schöne Haare«, hauchte sie, »als ob man einen Kater streichelt.«

»Echt?«

»Ich finde deine Haare schrecklich aufregend. Du siehst wahnsinnig macho damit aus ...«

»Findest du?«

»Ich hätte Lust, heute abend essen zu gehen. Ich bin allein. Warum kommst du nicht mit?«

»Heute abend? Laß mich mal überlegen ... Nein, tut mir leid, ich habe heute Dominokurs ...«

19.

Schließlich gab ich nach. Der Kleiderschrank gegenüber dem Bett hatte Spiegeltüren. Sie sagte, daß sie beim Vögeln fernsehen wollte, und zwar eine Soap opera. Ich beschloß, von hinten in sie einzudringen, ohne Vorspiel. Wenn ich den Kopf hob, sah ich mich im Schrankspiegel, verschwitzt, Unterhemd und Socken noch an. Sie hatte noch Büstenhalter und Schuhe an. Auf ihrer rechten Pobacke entdeckte ich eine eintätowierte Rose und den Schriftzug NIMM MICH. Neben der Rose sproß ein fetter gelber Pickel. Ich bekam Lust, ihn auszudrücken. Das brutale Licht des Fernsehers beleuchtete die Szene. Ich versuchte zu verdrängen, was gerade vor sich ging. Ich begann die Melodie von ›Jingle Bells‹ vor mich hin zu summen ...

20.

Eines Abends stand ich an einer Ampel und wartete auf Grün, als mir einer hinten drauffuhr. Trotz des Aufpralls sprang bei meiner alten Ente gerade mal das Kofferraumschloß ab. Dafür blieb der Duna, der mir draufgefahren war, mit eingedrückter Motorhaube liegen. Da der Schaden höchstens fünf- oder zehntausend Lire betrug, fuhr ich weiter, ohne mir das Kennzeichen des anderen aufzuschreiben. Doch am nächsten Tag konnte ich den Hals nicht mehr bewegen. Ich hatte stechende Schmerzen in der ganzen Wirbelsäule.

Im Krankenhaus verpaßten sie mir einen Gipskragen und schrieben mich dreißig Tage krank. Ich war steif wie ein Kaktus und mußte Gips, Röntgenaufnahmen und Schmerzmittel bezahlen. Alles in allem etwa zweihunderttausend Lire.

»Diese Kosten werden Ihnen von der Versicherung rückerstattet«, erklärte mir der diensthabende Arzt.

»Von welcher Versicherung?«

»Von der des Fahrers, der Ihnen draufgefahren ist. Sie haben sich doch seine Personalien notiert, oder etwa nicht?«

»Nein.«

»Da geht Ihnen aber eine Menge Geld durch die Lappen. Solche Unfälle ziehen manchmal Schäden an der Wirbelsäule nach sich, und dann hätten Sie Anspruch auf Schadensersatz. Da bekommt man leicht zehn, fünfzehn, häufig sogar zwanzig Millionen Lire zugesprochen.«

Die Tage, an denen ich krank war, fielen mit meinem Urlaub zusammen. Selbst wenn ich genug Geld gehabt hätte, ich hätte sowieso nicht aus Largo weggekonnt. Das Dorf, das schon während des übrigen Jahres leer war, verwandelte sich im August in die ideale Kulisse für einen Dokumentarfilm über die Auswirkungen der Neutronenbombe. Vom Becken aufwärts praktisch bewegungsunfähig, machte ich lange Spaziergänge in den Wäldern. Eines Nachmittags, als ich mich zu weit von zu Hause entfernt hatte, legte ich mich ins Gras, um auszuruhen. Nach einer Weile schlief ich ein. Ich träumte gerade, daß ein Ameisenheer über mich herfiel, als eine Stimme mich weckte.

»HE! WEN HABEN WIR DENN DA? SIE ARBEITEN DOCH UNTEN IN DER STADT IN DIESER VIDEOTHEK, DIE AUCH ZEITUNGEN VERKAUFT, STIMMT'S?«

Wegen des Gipskorsetts konnte ich mich nicht mal umdrehen, um zu sehen, wer das war.

»GOTT IM HIMMEL, SEHEN SIE DENN NICHT, DASS ICH MICH GERADE AUSRUHE?« brüllte ich.

Ich war außer mir. »KANN MAN SICH ALS ZEITUNGSVERKÄUFER NICHT MAL IM GEBÜSCH VERKRIECHEN, OHNE STÄNDIG GESTÖRT ZU WERDEN?«

Niemand antwortete. Nach einigen Anläufen schaffte ich es aufzustehen. Ich machte eine 180 Grad-Drehung, aber der andere war gegangen. Auf dem Nachhauseweg mußte ich mich wegen des Traums am ganzen Körper kratzen.

21.

Die Ferien verbrachte ich allein. Abgesehen von ein paar Selbstmorden passierte im Dorf nichts besonderes. Dann begann ich wieder zu arbeiten. Jeder neue Tag schien den vorhergehenden zu klonen. Ständig wiederholte ich die gleichen Bewegungen. Kartons aufmachen. Videos rausholen. Sie in den Computer laden. Die alten Titel aus den

Theken nehmen. Sie aus den Schaufenstern nehmen. Sie durch die neuen ersetzen. Anschließend die unverkaufte Ware aussortieren. Sie aus dem Computer löschen. In Kartons packen. Auf diese Weise schloß sich der Kreis mit den Kartons, die zurück an den Versender gingen. Nach einer Woche war es, als ob ich nie im Urlaub gewesen wäre ...

Unterdessen ebbte die Plastikuhrenmanie ab. An ihre Stelle trat die Plastikhandymanie. Die Leute, die kurz zuvor noch vor den Uhrengeschäften angestanden waren, um eine Swatch für das Zehnfache des Listenpreises zu kaufen, bildeten nun Trauben vor den Schaufenstern der Telecom-Läden. Manche Uhrengeschäfte hatten noch Schilder Marke EINZELSTÜCKE AUS PRIVATSAMMLUNGEN – ZU MARKTPREISEN in den Schaufenstern, doch die einschlägigen Zeitschriften setzten langsam Staub an. Die Kunden fragten jetzt nach ›Handy-World‹ oder nach ›Die Kultur des Mobiltelefons‹.

Eines Morgens kam ein Typ auf mich zu, der immer grußlos hereingekommen war, die Zeitung genommen, bezahlt und grußlos den Laden wieder verlassen hatte. Er lächelte.

»Hallo«, sprach er mich an, »wie läuft's denn so?«

Ich war so erstaunt, daß ich zu keiner Antwort fähig war. »Haben Sie die letzten Kursnotierungen der Chronos gesehen?«

»Nein, ehrlich gesagt habe ich sie nicht bemerkt.«

»Sie stehen jetzt bei einer halben Million. Unglaublich, nicht? Der Listenpreis liegt bei neunzigtausend Lire.«

»Tja.«

Lächelnd zog er fünf, sechs Uhren aus den Innentaschen seiner Jacke.

»Das ist die komplette Herbst-Winter-Kollektion. Mein Bruder hat sie mir aus den Staaten geschickt. Bis jetzt ist das Sammelfieber dort noch nicht ausgebrochen, deshalb gibt's da Swatch-Uhren sogar im Supermarkt.«

»Interessant.«

»Wenn Sie wollen, mache ich Ihnen einen Vorzugspreis. Sagen wir dreihundertfünfzigtausend pro Stück.«

»Nein, danke.«

»Die Sache ist ein Bombengeschäft. Sie können sie sofort weiterverkaufen, dann verdienen Sie hundertfünfzigtausend. Sie können aber auch noch ein bißchen warten. Die Preise steigen todsicher. Steuerfrei das Ganze, versteht sich.«

»Ich hatte noch nie ein Händchen für Geschäfte.«

»Sie machen einen Fehler. Ich habe meinen Wohnsitz nach Luxemburg verlegt. Mit diesen Uhren habe ich bisher im Monat das verdient, was Sie vielleicht in einem Jahr an Gehalt bekommen.«

»Das glaube ich gern.«

»Sie haben hier doch viel mit Leuten zu tun. Warum setzen Sie nicht das Gerücht in Umlauf, daß einer Ihrer Kunden mit Swatch-Uhren handelt?«

»Und Sie, warum fahren Sie nicht nach Luxemburg zurück und gehen jemand anderem auf die Eier?«

Von da an ließ er das Grüßen wieder.

22.

PERSONALABTEILUNG
DRINGENDE MITTEILUNG AN DIE BELEGSCHAFT DER VIDEOTHEK

Betreff: Geschäftsöffnungszeiten in der Vorweihnachtszeit

Wir setzen Sie hiermit davon in Kenntnis, daß anläßlich der bevorstehenden Weihnachtszeit die Geschäftsöffnungszeiten unverändert bleiben: Der Verkauf findet ohne Unterbrechung zu den gewohnten Zeiten von 5.00 bis 19.30 Uhr statt. Jedoch entfällt in der Zeit vom 1. bis 24. Dezember die Geschäftsschließung an Sonntagnachmittagen. Dementsprechend verzichtet das Personal auf den zweiwöchentlichen freien Tag. Nach dem Heiligen Weihnachtsfest wird die Videothek am 26. Dezember zu den gewohnten Geschäftszeiten wieder geöffnet sein.

Ihres tatkräftigen Einsatzes zur Erreichung der Verkaufsziele gewiß, übermitteln wir Ihnen herzliche Grüße und wünschen Ihnen gleichzeitig fröhliche Weihnachten und ein frohes neues Jahr.

Der Personalchef
Dr. Bestiali

23.

»Packen Sie mir das als Geschenk ein.«

»Einen Augenblick, bitte, dann komme ich zu Ihnen, Signora.«

»Aber mein Wagen steht im Halteverbot.«

»Tut mir leid, aber die anderen Kunden waren vor Ihnen da. Haben Sie bitte einen Augenblick Geduld, dann packe ich auch Ihre Kassetten ein.«

»GEDULD! SEIT HEUTE MORGEN HETZE ICH WEIHNACHTSGESCHENKEN HINTERHER, UND DA KOMMEN SIE MIR MIT GEDULD! ICH HAB SCHON DREI STRAFZETTEL, VOR WEIHNACHTEN FINDET MAN EINFACH KEINEN PARKPLATZ, UND DA SOLL ICH NOCH GEDULD HABEN!«

Schon während des restlichen Jahres war das Zusammenleben mit den menschlichen Artgenossen nicht eben leicht, doch vor Weihnachten wurde es zur Hölle. Sobald ich ihm sein Päckchen zurechtgemacht hatte, riß der jeweilige Glückspilz es mir aus der Hand und bahnte sich im Laufschritt einen Weg durch die Menge der Irren. Die Kommentare waren einhellig.

»PASSEN SIE DOCH AUF!«

»JA, WO RENNT DENN DIESES ARSCHLOCH HIN?«

»WOLLEN SIE HIER ETWA DRÄNGELN? PASSEN SIE BLOSS AUF, SONST DRÄNGELE ICH SIE MAL, JA?«

»GEBEN SIE DOCH ACHT, WOHIN SIE TRETEN, SIE IDIOT!«

Das Preisschild auf der Verpackung war die gängigste Zwangsvorstellung.

»Haben Sie das Preisschild abgemacht?«

»Selbstverständlich, Signora.«

»Sind Sie sicher? Ich möchte nicht, daß es dranbleibt.«

»Ich hab's abgemacht, Signora, ich hab's abgemacht.«

»Entschuldigung, aber ich habe nicht aufgepaßt, als Sie es eingepackt haben« – während sie diese Worte aussprach, zerriß sie das Papier wieder – »und ich will auf Nummer Sicher gehen.«

Natürlich war das Preisschild nicht mehr dran.

»Ah, stimmt, Sie haben's abgemacht. Prima. Dann packen Sie's mir doch noch mal ein, ja?«

Die wartenden Kunden hinter ihr schwitzten den Haß der unzähligen Tage aus, die sie mit der mühsamen Suche nach sinnlosen, aber exklusiven Geschenken zugebracht hatten. Manchmal kamen sie eine Stunde später wieder. Sie waren echte Monomanen.

»He Sie, erinnern Sie sich an mich? Sie haben mir vorhin das Päckchen hier zurechtgemacht, zusammen mit der Dame, die es so eilig hatte …«

»Alle Damen haben es immer eilig.«

»Sie wissen nicht zufällig noch, ob Sie bei mir das Preisschild abgemacht haben?«

»Ich mache immer das Preisschild ab.«

»Sind Sie sicher? Sollten wir nicht besser nachsehen?«

»Hören Sie, ich hab's abgemacht ...«

Es war zwecklos. Sie hatte bereits das Geschenkpapier abgerissen.

»Ah, Sie haben's abgemacht, tatsächlich. Na gut, dann packen Sie es mir doch wieder als Geschenk ein, ja?«

Nach zwei Wochen in dieser Tour beschloß ich, überhaupt kein Preisschild mehr abzumachen. Man brauchte nur die Kunden abzulenken, indem man einen Kuli fallen ließ.

»Haben Sie das Preisschild abgemacht?«

»Natürlich.«

Ich zeigte ihm ein Preisschild, das ich zuvor abgemacht hatte. Unter dem Tisch hatte ich mir einen kleinen Vorrat angelegt.

»Da ist es«, antwortete ich lächelnd.

24.

So ging es den ganzen Dezember. Wegen Egidios Logorrhöe bildeten sich ewig lange Schlangen vor der Kasse. Unterdessen plauderte der Geschäftsführer seelenruhig mit Freundinnen und Bekannten. Wie die Raubtiere stürzten sich die Geschenkneurotiker bis zum allerletzten Augenblick auf uns. Am Abend des 24. bekamen wir es mit den wahrhaft Verzweifelten zu tun, die noch immer auf der Suche nach dem Unauffindbaren waren und an denen in Anbetracht des bevorstehenden Weihnachtsessens schon die Magengeschwüre nagten ...

»Hören Sie, ich hab's verdammt eilig und brauche diesen Zeichentrickfilm, der sich massenhaft verkauft hat, der Titel fällt mir nicht ein ...«

Ich nannte ihm einen.

»Ja, genau! Den will ich als Geschenk verpackt, und zwar sofort.«

»Er ist ausverkauft, tut mir leid.« In Wahrheit war mir das scheißegal.

»AUSVERKAUFT? UND WAS SOLL ICH JETZT NEHMEN? MEINE FRAU HAT ABER GESAGT, DASS ICH UNBEDINGT DIESEN FILM AUFTREIBEN SOLL!«

»Hören Sie, wir haben vor zehn Minuten das letzte Exemplar verkauft. Wenn Sie wollen, kann ich Ihnen etwas anderes empfehlen.«

»ACH WAS, WAS ANDERES! MEINE FRAU WILL DIESEN UND KEINEN ANDEREN. DAS DARF DOCH NICHT WAHR SEIN, DASS IHR KEINEN MEHR DA HABT! SOLL DAS HIER JETZT EINE VIDEOTHEK SEIN, ODER WAS?«

25.

Der Weihnachtsmann kam in Gestalt eines alten Schwarz-Weiß-Fernsehers. Tragbar, mit zwei mehrfach geknickten Antennen. Ich fand ihn in der Mülltonne, als ich am Morgen des fünfundzwanzigsten die Reste der Pizza vom Vorabend wegwarf. Ich war so verstört, daß ich fast eine Stunde damit zubrachte, auf das Neujahrskonzert zu warten.

3. Kapitel

1.

Dann lernte ich Tatjana kennen. Tatjana war Deutsche. Sie arbeitete als Bibliothekarin am Goethe-Institut. Jeden Tag kam sie vorbei, um für die Bibliothek die ›Frankfurter Allgemeine‹ und die ›Süddeutsche Zeitung‹ zu kaufen.

Wenn ich sie hereinkommen sah, schickte ich Egidio auf Toilette, auch wenn er gar nicht mußte, und hockte mich an die Kasse, um zwei, drei Worte mit ihr wechseln zu können. Tatjana war groß, rothaarig und blauäugig. Sie hatte komische Korklatschen an den Füßen und trug immer superweite Hemden und Hosen, doch man konnte erahnen, daß sich unter all dem Stoff ein Wahnsinnskörper verbarg. Anfangs versuchte ich's damit, daß ich beim Bon-Tippen ›Heidi‹, ›Stille Nacht‹ und den ›Ritt der Walküren‹ pfiff. Sie sah mich nur lächelnd an, als ob ich irre wäre, und verlangte eine Tüte aus Recycling-Papier. Plastiktüten akzeptierte sie nicht. Ihre Kleider sahen auch aus wie recycelt. Ihre Einkaufstaschen verrieten mir, daß sie nur in Heilkräuter- und Bioläden verkehrte. An den Knöcheln trug sie diese Glöckchen, die Hindus und Hippies benutzten, um Würmer und Spinnen von ihrem Nahen in Kenntnis zu setzen. Die Hindus benutzten sie wahrscheinlich immer noch. Dafür hatten die Hippies sich in viele, viele Arnaldarnoldis verwandelt und zogen es mittlerweile vor, alles zu zertreten, was ihnen in die Quere kam. Jedenfalls kam mir eine bessere Idee. Wenn ich ihr das Wechselgeld gab, begann ich eine Unterhaltung über die Umweltverschmutzung in der

Stadt und darüber, wieviel gesünder es wäre, woanders zu leben.

»Als ich neulich den Laden verließ, bin ich in Ohnmacht gefallen.«

»Ohohhh ... Wieso denn?«

»Wegen der Autoabgase. Eine Kellnerin hat mir ein Glas Wasser gebracht ...«

»Gott sei Dank.«

»Nur, daß das Wasser braun war und darin zwei phosphoreszierende Staphylokokken planschten ...«

»Unglaublich. Hast du es getrunken?«

»Nein. Die Kellnerin hat mich in die Bar geführt und mir ein Sandwich spendiert. Beim Kauen hatte ich auf einmal einen Plastikverschluß im Mund.«

»Und das nennt sich Industriekultur ...«

»Man kommt sich vor wie auf einer riesigen Müllkippe. Gott sei Dank wohne ich wenigstens auf dem Land, in einem alten Bauernhaus mitten im Grünen. Die Dorfstraßen sind mit Kuhfladen gepflastert, und morgens wecken mich die Hähne.«

»Oh, wie schön. In Deutschland lebe ich auch in einer Mühle. Hier mußte ich mich mit einer Pension im Stadtzentrum zufriedengeben. Vor lauter Smog kann ich nicht mal das Fenster aufmachen.«

»Warum besuchst du mich nicht nächsten Sonntag? Wir könnten zusammen Mittag essen und dann im Wald spazierengehen.«

»Ißt du Fleisch?«

»Nie«, log ich.

»Dann komme ich.«

2.

Ein paar Wochen später zog sie bei mir ein. Ich hatte sie auf das Fehlen sämtlicher Annehmlichkeiten aufmerksam gemacht, aber sie behauptete, daß Deutsche sich überall zurechtfinden.

Abends aßen wir Rübensuppe, Sojasprossen und Lauch-Mais-Salate, dazu tranken wir Karottensaft oder Brennesseltee. Nach dem Abendessen braute Tatjana einen Lindenblütentrunk, dann sprachen wir stundenlang über den sauren Regen und die Ausrottung der Wale, wozu wir – wenn's hoch kam – geröstete Maiskolben oder Sesamkekse knabberten. Wenn das so weiter ging, dachte ich, würde ich bald zum Papagei. Mich gelüstete nach Fleisch … Zu allem Überfluß lief sie normalerweise auch noch vollkommen nackt durchs Haus. Kleidung sei das Gefängnis des Körpers, behauptete sie.

Ich wäre sofort über sie hergefallen, wenn sie nicht davon überzeugt gewesen wäre, einen wahrhaftigen Umweltschützer kennengelernt zu haben und nicht den typischen italienischen Mann, der immer nur das Eine wollte. Die ersten Tage berührten wir uns nicht. Ich schlief in meinem Bett. Sie in einem Schlafsack auf dem Fußboden. Eines Morgens dann fragte sie mich, warum ich nicht ihrem Beispiel folgte und mich ebenfalls auszog. Ich begriff, daß sie mir das in aller Unschuld vorschlug. Sie hatte die Verrenkungen nicht mitbekommen, zu denen ich gezwungen war, um meine Dauererektion zu verbergen.

»Ich versichere dir, die Verlegenheit geht schnell vorbei.«

»Es hat nichts mit Verlegenheit zu tun«, erwiderte ich mit mordsprallem Schwanz, während ich ihr dabei zusah, wie sie Joghurt und Müsli frühstückte, dicke Titten, lange Beine, feuerrote Möse.

»In Deutschland laufen viele Grüne zu Hause nackt rum.«

»Schön und gut, aber hier ist das anders, hier gibt es den Papst.«

»Den Papst? Was hat denn der Papst damit zu tun? Komm schon, los.«

»Was hast du vor?«

»Dir helfen.«

Zuerst zog sie mir das Unterhemd aus. Dann die Uhr. Dann bückte sie sich, um mir die Hose aufzuknöpfen. Ich war noch nie von einer splitterfasernackten Deutschen mit roten Haaren und Joghurt und Müsli an den Lippen ausgezogen worden. Es war schrecklich erregend.

»Hör mal, verschieben wir's auf ein andermal. Oder laß mich wenigstens trainieren. Für den Anfang eine Woche nackter Oberkörper, und dann sehen wir weiter …«

»Nein, nein, nein, du und ich, wir sind gleich, zwei menschliche Wesen …«

Sie zog meine Hose runter. Sie zog meine Unterhose runter. Der Schwanz schnellte ihr genau vor die Augen. Tropfend. Blau angelaufen. Entsetzlich.

Ich wurde puterrot. Sie sah mich an.

»Das kommt vom Mais. Er übt eine aphrodisierende Wirkung auf mich aus. Ich leide an chronischer Spermienüberproduktion. Ich habe eine gigantische Hirnanhangdrüse. Ich habe schon seit Jahren nicht mehr gevögelt. Eine Laboruntersuchung hat ergeben, daß ich zu viele männliche Hormone habe …«

Ich dachte, sie würde auf der Stelle gehen. Statt dessen lächelte sie mich an.

»Ich weiß eine Lösung«, sagte sie.

Sie nahm mich am Schwanz, als wäre er eine Hundeleine … Wir gingen in Richtung Schlafzimmer …

3.

In mir wuchs die Überzeugung, daß die deutschen Grünen wirklich recht hatten. Ich wollte Greenpeace beitreten.

Morgens aßen wir Getreideflocken und Joghurt zum Frühstück, danach wuschen wir uns, zogen uns an und fuhren zur Arbeit in die Stadt. Abends kehrten wir nach Largo zurück, aßen Schnitzel (aus Soja) mit Weizenkeimen, und später vögelten wir. Häufig, wenn es schon dunkel war, auch auf der Wiese vorm Haus. Tatjana machte es gern im Gras. Sie sagte, daß sie sich da noch mehr als Teil der Natur fühle. Ich empfand Ähnliches. Vor allem, wenn eine Ameise meine Schamgegend mit einem Kleefeld verwechselte …

4.

Abgesehen von der Diät lief alles bestens. Dann schaltete ich eines Montags nach dem Essen aus Versehen den Fernseher ein. Meine Schwanzspitze war ein wenig gereizt, und ich dachte, eine Pause würde ihr guttun.

»Ich habe noch nie einen Fernseher besessen«, sagte Tatjana.

»Ich auch nicht. Den hier habe ich auf dem Müll gefunden. Normalerweise sehe ich nur die Nachrichten.«

»Aber vielleicht hilft es mir, mein Italienisch zu verbessern.«

»Ja, vielleicht …«

Das alte Gerät empfing nur einige Lokalsender, die ausschließlich Teppich- und Haushaltswarenverkaufssendungen brachten, sowie einen landesweit ausgestrahlten Privatsender, in dem die ›Porfirio Topazio Show‹ lief.

Als wir einschalteten, ging es gerade um den Nilpferd-Menschen, einen Fettsack, der sich in ich weiß nicht welchen Sümpfen in der Umgebung von Frascati herumtrieb und tonnenweise Chicorée und Knollengewächse in sich reinstopfte.

»In Deutschland haben wir keine solchen Sendungen, glaube ich.«

»Deutschland ist ein ernsthaftes Land.«

Der Nilpferd-Mensch stieß seltsame Laute aus. Er hatte nichts weiter als einen Lendenschurz aus Leopardenfell am Leib. Ich fragte mich, ob das Kleidungsstück von einer dieser Raubkatzen stammte, die in der Nähe von Frascati aus einem Zirkus ausgebüchst und abgeschossen worden waren, oder ob er es in einer Boutique in der City gekauft hatte. Der Moderator hob den Ausstieg des Studiogastes aus der Konsumgesellschaft hervor. Das Publikum applaudierte enthusiastisch.

»Ich finde die Sendung sehr interessant«, sagte Tatjana.

Der Moderator nannte den Sponsor der Sendung. Das Publikum applaudierte erneut.

5.

Ich versuchte Tatjana heißzumachen, indem ich ihre Möse leckte. Doch in der ›Porfirio Topazio Show‹ trat die Hecht-Frau auf, die mit Kiemen an Stelle der Nase und einer Rückenflosse auf die Welt gekommen war. Ich leckte und leckte und leckte, erst um die großen Schamlippen herum, dann in den kleinen und schließlich an der Klitoris, wie ich es in irgendeinem Handbuch für Heranwachsende gelernt hatte. Unterdessen wurden auf der Jumboleinwand im Studio Großaufnahmen der Kiemen und der Flosse eingeblendet. Die Haut der Hecht-Frau war schuppig. Das Publikum reagierte mit erstaunten OOOHHHS und Applaus.

»Irre«, seufzte Tatjana.

»Magst du es, wie ich dich da unten lecke?« fragte ich, während ich mir mühsam ein rotes Haar aus dem Rachen fummelte.

»Nein, ich habe mich gerade gefragt, wie man sich wohl fühlt, wenn man eine Flosse auf dem Rücken hat.«

»Wahrscheinlich will man instinktiv schwimmen.«

»Ich halte diese Show für eine wunderbare Sendung. Sie zeigt Realitäten, die sonst verschwiegen werden.«

Die Fernsehkameras fingen das Gesicht des Moderators ein.

»Weißt du, das ist alles nur eine Frage der Einschaltquoten. Wenn die menschlichen Schicksale eines Tages kein Publikum mehr finden, werden sie einfach abgesetzt.«

»Trotzdem: verglichen mit den anderen, zeigt diese Sendung soziales Engagement.«

»Das glaube ich gern. Denn sonst empfangen wir ja nur Kanäle, die einem Abmagerungsspritzen und Schwitzanzüge andrehen wollen.«

Unterdessen leckte ich weiter. Aber Tatjanas Möse fing kein Feuer.

6.

An meinem Rücken spürte ich einen komischen Juckreiz. Ich begriff nicht, was das war. Vielleicht wuchs mir ja auch eine Flosse. In einer Werbepause bat ich Tatjana, mal einen Blick drauf zu werfen.

»Juckt's dich hier?«

»Ja, da. Wieso, was ist es?«

»Ein Muttermal. An der Stelle sitzt nur ein Muttermal.«

Die Tage vergingen, aber das Jucken machte keine Anstalten nachzulassen. Da es sich um ein Muttermal handelte, wollte ich mich nicht kratzen. Beim Autofahren konnte ich mich nicht mal mehr gegen den Sitz lehnen.

Wenn ich vor einer Ampel stand, konnte ich mich nicht beherrschen und wand mich in dem Versuch, den Juckreiz zu lindern, hin und her. Die anderen Autofahrer starrten mich an, als ob ich den Veitstanz hätte. Ich beschloß, zum Arzt zu gehen.

7.

Wie die anderen Kassenpatienten mußte ich lange warten. Schließlich war ich an der Reihe.

»Eieieieieieieieiei«, gab der Arzt von sich.

»Was habe ich, Herr Doktor?«

»Eieieieieieieieiei«, wiederholte er.

»Dürfte ich vielleicht erfahren, welchen Tod ich erleiden werde?«

»Wie alt sind Sie, junger Mann?«

»Siebenundzwanzig.«

»Und seit wann juckt es Sie in Zusammenhang mit diesem Muttermal?«

»Na, seit ein paar Wochen oder so. Warum?«

»Wenn Sie vierzig wären, würde ich eine Notoperation veranlassen. Aber Sie sind noch jung. Auf alle Fälle wird es wohl besser sein, das Mal zu entfernen. Ich schreibe Ihnen erst mal eine Überweisung für eine fachärztliche Untersuchung.«

8.

Zur fachärztlichen Untersuchung in der Hautklinik konnte man sich zwischen acht und zehn anmelden. Um nicht allzu lange warten zu müssen, wollte ich schon um sieben dasein. Um sieben fand ich eine Schlange von etwa dreißig Kassenpatienten vor, die von allen nur erdenklichen Hautleiden befallen waren: Verhornungen, Verbrennungen, Polypen, Warzen, Pilzen, Wucherungen, Schuppenflechten, nässenden Hautentzündungen, sonderbaren Schwellungen ... Außerdem schäumten alle vor Wut und Rachegelüsten, weil jemand vor ihnen dagewesen war, außer dem ersten natürlich.

Die Klinik war dreckig, der Putz blätterte von den Wänden, die Fußböden waren aufgerissen und die Fenster mit Zeitungspapier geflickt ... Die Krankenschwestern brüllten, die Ärzte flitzten wie fliehende Hasen im Zickzack durch die Patientenmassen im Schlafanzug, die sie in der vergeblichen Hoffnung, Informationen über den Verlauf der jeweiligen Krankheit zu bekommen, aufzuhalten versuchten ... Gegen neun, als es mich schon am ganzen Körper juckte, war ich an der Reihe.

»Wofür wollen Sie sich anmelden?«

»Untersuchung eines Muttermals am Rücken.«

»Das wird erst nächsten Monat was.«

»Geht es nicht ein bißchen eher?«

»Wenn Sie wollen, kann ich Ihnen die Telefonnummer geben, unter der Sie einen Privattermin ausmachen können. Der untersuchende Arzt ist derselbe.«

»Was kostet eine Privatuntersuchung?«

»Zweihunderttausend. Aber bedenken Sie, die Muttermale am Oberkörper sind die gefährlichsten.«

Ich klopfte auf Holz.

»Melden Sie mich ruhig für nächsten Monat an, in der Klinik.«

9.

Als ich abends den Müll nach unten brachte, blieb ich stehen, um in der Ferne die Autoscheinwerfer auf der Landstraße zu betrachten. Ich wollte allein sein. Den ganzen Tag über war mir das Wort KREBS nicht aus dem Kopf gegangen. Da steht er nun der große Mensch, der an nichts glaubt, der angebliche Nihilist, der sich wegen eines Muttermals in die Hose macht! Melden Sie mich ruhig für nächsten Monat an, hatte ich gesagt. Ich sah mich schon im Endstadium, bewegungsunfähig in einem Krankensaal, umgeben vom Gejammere der Patienten, von Schläuchen, die mir aus Mund und Armen kamen, von Mäusen, die unter den Betten hin und her flitzten. Vielleicht sollte ich lieber an die Landstraße gehen und mich vor die erstbesten Scheinwerfer schmeißen … Eine Weile blieb ich reglos stehen und fragte mich, ob ich dazu wohl fähig wäre. Ich stellte mir den Schlag auf den Brustkorb vor. Den Schädel, der unter einem Reifen auf dem Asphalt zerquetscht wurde. Nein, ich war dazu nicht fähig. Bei der Vorstellung, für immer zu verschwinden, wurde mir übel.

Im Grunde hätte ich genausogut nie geboren worden sein können. Für die Welt würde sich nichts ändern. Vor mir war eine Ewigkeit, nach mir noch mal eine Ewigkeit. Es hatte keinen Sinn. Das alles war ein großer Schwindel. Ich warf den Müll in die Tonne und ging wieder ins Haus. Tatjana sah sich die Sendung an, die den Kröten-Drillingen gewidmet war. Sie hockten auf der Bühne und quakten wie in einem Teich …

10.

Vor mir warteten etwa vierzig Anwärter auf ein Krankenhausbett. Gegen halb sieben hatten wir uns wie ein Mann eingefunden. Die Sprechstunde sollte eigentlich um neun beginnen. Um fünf nach zehn steckte die diensthabende Schwester den Kopf durch die Tür.

»WER IST DER ERSTE?« brüllte sie.

»ICH!« schrien fünfzehn oder sechzehn auf einmal. Ich wurde von Armen und Beinen, Schreien und den Düften aus Mündern, Achselhöhlen und Weichteilen überwältigt ... Jeder drängelte, so gut er konnte. Besonders die Senioren taten sich dabei hervor, in Warteschlangen legen Senioren ungeahnte Kräfte an den Tag ...

11.

Der Spezialist, der die fachärztliche Untersuchung vornahm, trug ein Paar Gummihandschuhe. So machte er sich die Hände nicht schmutzig. Weil er damit vorher die anderen abgetastet hatte, machte er mich schmutzig.

»Seit wann juckt es Sie?«

»Anderthalb Monate.«

»Wie alt sind Sie, junger Mann?«

»Siebenundzwanzig.«

»Wenn Sie vierzig wären, müßte das sofort operiert werden. Blutet es?«

»Nein.«

»Haben Sie stechende Schmerzen?«

»Auch nicht.«

»Hier im Krankenhaus können wir Sie nächsten Monat operieren. Natürlich ist mit Melanomen nicht zu spaßen. Wenn Sie wollen, gebe ich Ihnen die Nummer meiner Privatpraxis. Ich könnte Sie noch diese Woche operieren.«

»Was würde mich das kosten?«

»Das kann ich Ihnen nicht exakt sagen ... Um die Buchhaltung kümmert sich meine Sprechstundenhilfe. Sagen wir, mit Eingriff, Nachbehandlung und Fädenziehen kommen wir summa summarum auf plusminus achthunderttausend Lire ...«

»Dann machen wir es ruhig nächsten Monat im Krankenhaus.«

»Wie Sie wollen.«

»Nein, wie ich kann.«

Während ich mir das Hemd herunterzog, war ich drauf und dran, ihm zu sagen, was für ein Arschloch er war, aber glücklicherweise fiel mir ein, daß er mich ja bald operieren würde. Ich ließ es sein und ging.

12.

»Was haben die heute im Krankenhaus gesagt?« fragte Tatjana, als sie am Bibliothekseingang ins Auto stieg.

»Nichts. Sie werden mir dieses blöde Muttermal rausschneiden, auf daß ich wieder problemlos Autofahren kann und Amen.«

»Ich bin sicher, alles wird gut. Denk nur, gestern abend in der ›Porfirio Topazio Show‹ haben sie gesagt, daß der Hecht-Frau erfolgreich die Rückenflosse wegoperiert worden ist, weil sich das Gesundheitsministerium der Sache angenommen hat.«

»Und die Kiemen?«

»Der Minister hat über Telefon live erklärt, daß sie sich darüber zu gegebener Zeit Gedanken machen werden.«

»Ach ja? Na dann ...«

13.

Am Morgen der Operation fand ich mich um sechs im Krankenhaus ein. Der Eingriff war für neun Uhr vorgesehen. Eigentlich hätte ich um fünf dasein wollen, doch in der Hektik war ich statt in der dermatologischen Abteilung in der Augenklinik gelandet. Erst als ich im Flur dem vierten Blinden mit makelloser Haut begegnet war, fiel mir der Irrtum auf. Als ich um sechs vor der Tür zum Sprechzimmer ankam, zählte ich die üblichen vierzig Kassenpatienten. Die Gesichter schienen genau dieselben. Offenbar hofften wir alle, die anderen auszutricksen, und kamen deshalb immer eine halbe Stunde früher ins Krankenhaus als beim letztenmal. Es war genau wie mit den großen Ferien und den besonders Schlauen, die ein bißchen früher losfuhren als die anderen: Das Ende der Geschichte war, daß es sich staute, obwohl es sich hier nicht um eine Autobahn-Mautstelle handelte.

Die Schwestern brüllten, die Rentner drängelten, an den Wänden blätterte die Farbe ab, alles lief nach Plan. Gegen elf betrat ich den Mini-Operationssaal im Sprechzimmer. Der Chirurg war derselbe Arzt, der mich untersucht hatte. Er blätterte in ›Millionaire. Wie Sie das große Geld machen‹, eine Philanthropen-Zeitschrift, die auch bei uns am Kiosk an Arbeitslose und Freiberufler verkauft wurde. Außer ihm entdeckte ich zwei Krankenschwestern. Alle drei trugen grüne Hemden und Gummihandschuhe.

»ZIEHEN SIE SICH AUS UND LEGEN SIE SICH AUF DIE LIEGE«, brüllte mich eine Schwester an. Ich gehorchte. Ich war ihnen ausgeliefert.

»WIR SETZEN IHNEN JETZT EINE SPRITZE, DAS IST DIE ÖRTLICHE BETÄUBUNG. ENTSPANNEN SIE SICH.«

Ich versuchte an etwas Enspannendes zu denken. Vor

meinem geistigen Auge liefen die Schlagzeilen ab, die man gelegentlich liest, wenn man zu Hause schön bequem beim Frühstück sitzt.

PATIENT STIRBT IM KRANKENHAUS:
STATT BETÄUBUNGSMITTEL
AJAX WEISSER WIRBELWIND GESPRITZT:
Oder:
HORRORSZENE IM OP
STATT LEBER
ZWEI NIEREN TRANSPLANTIERT:

Nach einer Weile fragte mich die Schwester, ob ich am Rücken, da, wo sie mich berührte, noch etwas spürte. Ich spürte nichts.

»DOKTOR, DIE EINUNDVIERZIG IST SO WEIT.«

»Gut, gut«, antwortete der Arzt, der in meiner Phantasie mittlerweile die Züge von Joseph Mengele angenommen hatte.

»NÄCHSTE WOCHE WIRD GESTREIKT, HERR DOKTOR, HABEN SIE SCHON DAVON GEHÖRT?«

»Ach, tatsächlich?«

Aus dem Druck auf meinem Rücken schloß ich, daß er ins Fleisch einzuschneiden begann.

»ES GEHT UM DIE NEUEN TARIFVERTRÄGE. MACHEN SIE MIT?«

»Natürlich. Ich habe ja nicht aus reiner Liebe zu Hippokrates all die Jahre studiert.«

Das glaubte ich ihm unbesehen. Unterdessen hatte er mit dem Schneiden aufgehört.

»Geben Sie mir die Schere.«

Ich stellte mir eine Geflügelschere vor.

»WOHIN FAHREN SIE DIESES JAHR IN URLAUB, HERR DOKTOR?« erkundigte sich die andere Krankenschwester.

»Elfenbeinküste, wie immer.«

Ich lauschte dem Knirschen der Schere, die sich

schloß und wieder öffnete, sich schloß und wieder öffnete …

»So, geschafft.«

Zusammen mit dem Muttermal wickelte eine der Schwestern ein blutendes Stück meines Rückens in Mull ein.

»Nadel und Faden«, zischte Mengele.

Er nähte und nähte und nähte.

»Legen Sie jetzt den Verband an.«

»SIE KÖNNEN GEHEN«, brüllte die Schwester, als sie damit fertig war. »UND GEBEN SIE GUT ACHT: AUF GAR KEINEN FALL BÜCKEN. KEINE SCHWEREN LASTEN HEBEN UND RUCKARTIGE BEWEGUNGEN VERMEIDEN. KOMMEN SIE IN ZWEI WOCHEN ZUR NACHBEHANDLUNG WIEDER. LOS, LOS, DER NÄCHSTE!«

14.

Ich war wieder einmal vom Becken auf bewegungsunfähig. Der Kassenarzt schrieb mich für zwei Wochen krank. Tatjana nahm sich zwei Wochen frei.

Morgens nach dem Aufwachen frühstückten wir, während wir uns im Fernsehen die Wiederholung der ›Porfirio Topazio Show‹ vom Vorabend ansahen.

»Die haben wir doch schon gestern gesehen«, wandte ich ein.

»Aber so verstehe ich das Ganze besser. Die reden oft so schnell, daß ich nicht alles mitbekomme.«

Ich merkte, daß sie auf einem Blatt die Wörter notierte, die ihr beim ersten Mal ansehen entgangen waren, damit sie sie am nächsten Tag wüßte.

15.

Wegen der genähten Wunde konnte ich nicht vögeln. Ab und zu gelang es mir jedoch, ihn ihr in die Hand zu legen. Sie blickte starr auf den Bildschirm, und während sie rubbelte, sah sie sich weiter die Show an.

»Meine Damen und Herren, heute abend haben wir für Sie das Fledermaus-Mädchen.«

Das Publikum applaudierte ergriffen. Ich stöhnte leise.

»Erzähl uns doch mal, Kleine, was genau hast du gefühlt, als du dich im Spiegel angeschaut und bemerkt hast, daß du diese behaarten Flügel hast, die die anderen Kinder nicht haben?«

Die Attraktion des Abends piepste lächelnd … Hypnotisiert legte Tatjana einen Zahn zu …

16.

Eines Montags klopfte es an die Tür. Tatjana machte auf, nackt. Der Briefträger kippte aus den Latschen und stürzte. Während er sich wieder aufrappelte, überreichte er ihr einen Eilbrief aus Deutschland.

»Was ist es?« fragte ich, nachdem sie ihn geöffnet hatte.

»Bevor ich letztes Jahr nach Italien ging, habe ich mich um eine Stelle als Deutschlehrerin in Finnland beworben. In Oulu.«

»Wieso das denn?«

»Oulu liegt an der Grenze zu Lappland. Ich wollte mal ausprobieren, wie es ist, an einem noch unverseuchten Ort zu leben.«

»Und?«

»Sie haben mich genommen. Ich soll Freitag anfangen.«

»Aber Freitag ist übermorgen.«

Mit ihren großen sommersprossigen Titten setzte sie sich neben mich. Sie würden mir fehlen.

»Warum kommst du nicht mit?«

»Die werden mich nie als Deutschlehrer nehmen.«

»Du könntest in einer Pizzeria arbeiten.«

»Tolle Perspektive.«

»Wieso, fühlst du dich denn jetzt selbstverwirklicht?«

»Nein. Aber ich weiß nicht mal, was Pizza auf Finnisch heißt.«

17.

Die letzten Stunden verbrachten wir damit, Korklatschen Pullover und Maisbüchsen im Haus zusammenzusuchen und Koffer zu packen. Am Freitag brachte ich sie dann zum Flughafen. Sie checkte ein, anschließend setzten wir uns in den Wartesaal. Eine Reihe von Monitoren verkündete die Abflugzeiten sämtlicher Flüge, die sie im Programm hatten. Ich sah auf die Uhr. Es war elf. Ihr Flugzeug sollte um zwölf starten. Tatjana stand auf, um sich am Kiosk etwas zum Lesen zu kaufen.

»He«, rief sie, als sie zurückkam, »auf der Titelseite der ›Welt‹ steht etwas über Italien.«

»Erklärt man uns zum Favoriten für die nächste Fußball-WM?«

»Nein. In Mailand ist ein Mitglied der Sozialistischen Partei verhaftet worden.«

»Unmöglich.«

»Wegen einer Korruptionsgeschichte. Er arbeitet jetzt mit den Richtern zusammen. Gegen zwei weitere sozialistische Ex-Bürgermeister der Stadt sind Ermittlungen eingeleitet worden.«

»Das muß ein Irrtum sein.«

»Auch dem Journalisten fällt es schwer zu glauben, daß hier etwas Derartiges passieren soll.«

Um Viertel vor zwölf erschien auf dem Monitor die Ankündigung, daß Tatjanas Flug auf drei Uhr nachmittags verschoben worden war. Wir fanden heraus, daß die Flughafenbars keine vegetarischen Sandwiches im Angebot hatten. Sie beschloß zu fasten. Ich geiferte nach ein bißchen Salami oder einer Scheibe Schinken. Aber ich wollte Tatjana am Tag ihrer Abreise nicht weh tun und beschloß, darauf zu verzichten. Am Kiosk kaufte ich eine Zeitung. Die beiden Ex-Bürgermeister leugneten alles. Der Parteisekretär bestritt jegliche Verwicklung seiner Leute in korrupte Machenschaften und bezeichnete den Verhafteten als »Spitzbuben«.

Um Viertel vor drei erschien auf dem Monitor die Ankündigung, daß der Flug nach Helsinki jetzt um sechs abgehen sollte. Tatjana sah mich an. Ich stand auf und steuerte auf das Schild INFORMATION zu. Unter dem Schild, hinter einer Theke mit bombastischem Computer, saß ein Typ in blauem Anzug. Er alberte mit zwei Stewardessen herum, die auf seinen Knien saßen.

Er, tiefbraungebrannt, hatte einen schwarzen Ansatz im blonden Haar. Die Stewardeß zur Rechten, tiefbraungebrannt, hatte einen braunen Ansatz im roten Haar. Die zur Linken, tiefbraungebrannt auch sie, hatte einen blonden Ansatz im schlohweißen Haar.

»Entschuldigung ...«

Der Gockel scherzte weiter mit den beiden fliegenden Kellnerinnen.

»Ich hätte gerne eine Auskunft ...«

Der UV-Mann tat so, als ob er nichts hörte.

»WARUM WIRD DER ZWÖLF-UHR-FLUG NACH HELSINKI DAUERND VERSCHOBEN?« brüllte ich ihn an. Er drehte sich zu mir um. Todernst.

»Einen Augenblick, ich sehe mal im Computer nach, Signore. Also, mal sehen ... Hier steht nichts, wir wissen die Ursache für die Verspätung nicht, Signore.«

»ABER ES SIND JETZT SECHS STUNDEN UND KEINE ZEHN MINUTEN.«

»Der Computer schweigt, Signore. Wenn Sie möchten, können wir Ihnen einen Essensgutschein als kleine Entschuldigung geben. Sie müssen sich nur mit diesem Ticket und Ihrer Bordkarte an die Bar gegenüber setzen.« Er reichte mir ein Stück Papier mit der Aufschrift ESSENSGUTSCHEIN. WERT: ZWEITAUSEND LIRE.

»UND WAS SOLL ICH IHRER MEINUNG NACH FÜR ZWEITAUSEND LIRE ZU ESSEN BESTELLEN?«

»Das ist für einen Cappuccino gedacht, Signore. Stimmt schon, die Verspätung beträgt sechs Stunden, aber ...«

Ich hätte ihm liebendgern mit dem Essensgutschein das Maul gestopft. Aber ich ließ es und ging zurück zu Tatjana.

»Nichts zu machen, keiner weiß irgendwas.«

Mit dem Blick deutete sie auf den Monitor. Der Flug war auf neun Uhr verschoben worden. Immerhin forderten sie die Passagiere auf, den Flughafen nicht zu verlassen, da die Verspätung annulliert werden könnte.

»Warum fährst du nicht nach Hause, packst die Koffer und kommst mit?« fragte Tatjana.

»Und wenn es nicht gut geht? Dann würde ich als Fast-Dreißigjähriger ohne Job dastehen. Bei der momentanen Arbeitslosigkeit würde mich doch keiner mehr nehmen.«

»Du hast Angst, deine kleinen Sicherheiten aufzugeben.«

»Ich muß essen.«

18.

Tatjana saß den ganzen Nachmittag über im Lotussitz da und meditierte. Ich spielte gegen mich selbst Monopoli mit einer Taschenausgabe, die ich im Duty-free-Shop gekauft hatte. Um fünf vor neun wurde der Flug aufgerufen. Wir verabschiedeten uns.

»Schreib mir wenigstens.«

»In Ordnung.«

Ich sah ihr hinterher, als sie die Grenze überschritt. Sie verschwand hinter einer Glastür. Ich war wieder allein. Na ja, wenigstens mußte ich mir jetzt Porfirio Topazio nicht mehr antun. Dafür wurde Tatjana in meinen Augen zu einer Art Rimbaud. Vielleicht hatte sie recht. Ich war noch jung. Was hielt mich an diesem beschissenen Ort? Etwa meine beschissene Arbeit?

Während ich durch die Beete stapfte, um schneller zum Parkplatz zu kommen, trat ich in einen Scheißhaufen. War das mein Schicksal? Würde ich bis zur Rente Verkäufer sein?

Automatisch, ohne auf die Straße zu achten, fuhr ich zurück ins Dorf. Zu Hause zog ich mich aus und aß einen Joghurt. Dann schaltete ich den Fernseher ein und sah mir eine Verkaufssendung für Kosmetika an.

Aber ohne Tatjana kam ich mir, nackt bis auf das Riesenpflaster auf dem Rücken, nur komisch vor. Ich erkannte mich nicht wieder. Ich beschloß, mich wieder anzuziehen. Dann machte ich den Fernseher aus und starrte stundenlang auf das schwarze Rechteck des Bildschirms.

19.

Am nächsten Nachmittag klopfte es an der Tür. Ich ging aufmachen. Es war eine große, brünette Frau. Sie trug eine beige Jacke und einen beigen Rock über einer weißen Bluse, die vorne etwas offenstand. Sie trug keinen Büstenhalter.

»Guten Tag. Ich bin die Amtsärztin.«

»Tag«, erwiderte ich, »kommen Sie rein.«

»Wie geht es Ihrem Rücken?«

»Na ja, die Naht zieht noch, aber das anfängliche Brennen ist weg.«

In der Hand hielt sie eine Aktenmappe. Sie schrieb etwas hinein.

»Warum setzen Sie sich nicht?«

»Danke.«

In sachlichem Ton begann sie mir Fragen zu stellen. Wie ich das Muttermal entdeckt hatte, wer mir geraten hatte, es operieren zu lassen, wo der Eingriff stattgefunden hatte, mit wie vielen Stichen die Wunde genäht worden war … Als sie sich hingesetzt hatte, war der Rock hochgerutscht und hatte ihre Beine unbedeckt gelassen. Lang waren sie, diese Beine. Umhüllt von einem Paar weißer Strümpfe. Wer weiß, vielleicht gefällt ihr die ›Porfirio Topazio Show‹ ja auch nicht, überlegte ich. Wahrscheinlich steht sie total auf Schmorbraten und Grillfleisch mit Fritten.

»Amtsärzte, die weiße, halterlose Strümpfe tragen, fand ich schon immer klasse«, sagte ich. Sie lachte.

»Ach ja?«

»Aber ich hätte nie gedacht, daß man sich auf den ersten Blick in eine Amtsärztin verlieben könnte.«

»Wie bitte?«

»Glauben Sie an Liebe auf den ersten Blick?«

»Manchmal ja. Heute nicht. Für einen Frischoperierten scheinen Sie sich ausgezeichnet in Form zu fühlen.«

»Na ja, eigentlich nicht so besonders.«

»Also, ich denke, Sie sind wiederhergestellt. Ich werde in meinen Bericht schreiben, daß Ihr Zustand es zuläßt, daß Sie unverzüglich an Ihren Arbeitsplatz zurückkehren. Nur die Fäden müssen erst noch gezogen werden.«

Sie stand auf und ging zur Tür.

»Hören Sie, warten Sie, mir geht es aber gar nicht so gut ...«

»Auf Wiedersehen.«

20.

Ich stellte mich zur Nachbehandlung an, und ich wurde nachbehandelt.

Ich stellte mich zum Fädenziehen an, und die Fäden wurden gezogen.

Ich stellte mich für den Befund der histologischen Untersuchung an, und ich bekam ihn ausgehändigt.

Dann stellte ich mich an, um ihn dem Kassenarzt zu zeigen: ich zeigte ihn ihm.

»Sieh mal an«, sagte er, »Sie haben Glück gehabt. Es war ein gewöhnliches Muttermal. Kein Melanom.«

»Soll das heißen, daß es auch ohne Schneiden gegangen wäre?«

»Nun, ja, aber vielleicht hätte man es Ihnen irgendwann trotzdem entfernen müssen. Vorbeugen ist immer besser als heilen.«

21.

Ich ging wieder arbeiten. Die Wunde war noch frisch, und ich mußte sie mit einem Stück Mullbinde schützen, das von Pflastern gehalten wurde. Ich konnte nicht mal einen kleinen Stapel mit zehn Dokumentarfilmen hochheben. Sofort spürte ich ein Brennen in dem Loch, das den Platz des Muttermals eingenommen hatte. Der Geschäftsführer war froh, mich wiederzusehen.

»Ich mag es nicht, wenn meine Untergebenen zu oft krank geschrieben sind. Klug von dir, wieder full-time arbeiten zu wollen, obwohl sie dir erst vorgestern die Fäden gezogen haben.«

Ich zog es vor, den kurzen Besuch der Amtsärztin nicht zu erwähnen.

»Tja, ich wollte euch halt nicht so lang im Stich lassen, wo's doch so viel zu tun gibt.«

22.

So oft es ging, stand ich an der Kasse, damit ich allzu große Anstrengungen vermied. Es war die Zeit der Abgabe der Einkommensteuererklärungen. Alle schimpften auf die Regierung. Diebsgesindel und Unfähige waren die meistbenutzten Ausdrücke.

Die Tatsache allerdings, daß sich unterschiedslos alle beklagten, auch die Juweliere und die Besitzer der Millionärsausstattergeschäfte nebenan, machte mich stutzig. Wer hatte diese Regierung eigentlich gewählt?

»Es ist einfach nicht mehr auszuhalten, dauernd muß man neue Steuern zahlen«, sagte eines Tages ein Antiquitätenhändler aus der Nachbarschaft zu mir, der dafür bekannt war, daß er Verkäuferinnen schwarz einstellte und sie postwendend entließ, wenn sie nach drei Monaten verlangten, daß er die Beiträge zur Sozialversicherung entrichten sollte. Er hatte zwei Zeitungen genommen.

»Da haben Sie recht. Und doch wählen alle immer wieder die gleichen Parteien.«

»O nein, bei der nächsten Wahl kriegen die meine Stimme nicht mehr. Besser die Opposition kommt mal dran.«

Er gab mir das Geld für die Zeitungen ›L'Indipendente‹ und ›Il Giornale‹, beide aus dem Hause Berlusconi.

23.

In den folgenden Tagen schrieb ich Tatjana viermal. Um sie an die alten Zeiten zu erinnern, steckte ich ein paar Grashalme von der Wiese, auf der wir miteinander geschlafen hatten, in den Umschlag. Mit meinen siebenundzwanzig Jahren führte ich mich auf wie ein Vierzehnjähriger. Wenn ich abends nach Hause kam, führte ich Selbstgespräche und versuchte dabei, ihre Stimme nachzuahmen. Im Dorf hatte sich mal wieder ein Jugendlicher umgebracht, indem er den Auspuff mittels eines Plastikschlauchs mit dem Innenraum seines Autos verband.

24.

Es hagelte nur so Ermittlungsbescheide gegen Politiker, die in der überwiegenden Mehrzahl den Regierungsparteien angehörten. Minister, Lokalgrößen, ehemalige

Ministerpräsidenten samt ihren arschkriecherischen Sekretären wurden in den Strudel der Ermittlungen gezogen. Die Lira geriet ins Trudeln. Die Inflation galoppierte. Die Ermittlungen der Justizbehörden wurden auf die ersten Unternehmer ausgedehnt. Das Land schien kurz vorm Bankrott.

Und auch Arnaldarnoldo zeigte nicht zu übersehende Anzeichen von Nervosität. Er wurde zusehends fetter. Er traf schon durchgeschwitzt in der Videothek ein. Die Krawatte wechselte er jetzt viermal täglich.

»Ich möchte wirklich mal wissen, auf wen die's eigentlich abgesehen haben. Wir waren die fünftstärkste Wirtschaftsmacht der Welt. Klar lief nicht alles hundertprozentig sauber, doch es ging voran. Aber ich hab mir mein persönliches screening gemacht. Die Sache ist ein Linksputsch, ganz klar. Gegen das leadership des freien Marktes. Das mit den Bestechungsgeldern ist doch völlig aus der Luft gegriffen. Was die wollen, ist die kommunistische Diktatur.«

Unter den Händlern der Nachbarschaft stießen seine Worte auf besorgte Zustimmung. Der Rückgang beim Privatkonsum schränkte die Möglichkeiten zur Steuerhinterziehung ein. Dieses Jahr würde es wohl nicht mehr für vier, sondern nur noch für zwei Wochen Bali reichen.

25.

Nach einiger Zeit bekam ich einen kurzen Brief von Tatjana. In Finnland waren die Wälder endlos und betörend. Das Joghurt war besser, und man fand einen Haufen eßbare Beeren, von denen wir Südländer nicht mal träumen konnten. In Oulu war soeben eine von Lappen geführte Pizzeria eröffnet worden, das Osolemionen.

Pizza hieß auf Finnisch Pizza. Falls ich meine Meinung geändert haben sollte, bräuchte ich nur den Flieger zu nehmen und zu ihr zu kommen. Es stimmte, im Winter fiel das Thermometer bis auf vierzig Grad unter Null, aber die Deutschen finden sich überall zurecht. Die Sache hatte bloß einen Haken: ich war kein Deutscher …

4. Kapitel

1.

PERSONALABTEILUNG
DRINGENDE MITTEILUNG AN DIE BELEGSCHAFT DES VIDEOKIOSK

Betreff: Geschäftsöffnungszeiten im Zuge der PR-Kampagne für den neuen Comma.

Es wird bekanntgegeben, daß anläßlich der bevorstehenden PR-Kampagne zur Markteinführung des neuen Kleinwagenmodells Comma – ein Ereignis, auf dessen internationale Tragweite nicht eigens hingewiesen werden muß – die Geschäftsöffnungszeiten wie folgt geändert werden: Der Verkauf findet ohne Unterbrechung von 5.00 bis 2.00 Uhr statt. Während der dreimonatigen Werbekampagne müssen sämtliche freien Tage entfallen.

Ihrer tatkräftigen Zusammenarbeit bei der Erreichung der Verkaufsziele gewiß, übermitteln wir Ihnen herzliche Grüße und wünschen Ihnen gleichzeitig eine erfolgreiche Comma-Kampagne.

Der Personalchef
Dr. Bestiali

2.

»Ihr habt sicher vom breakdown des Automarktes gehört.«

Arnoldarnaldo hatte eine Betriebsversammlung einberufen.

»Die gegenwärtige Krise hat direkte Auswirkungen auf das leader-Unternehmen in diesem Land und indirekte auf uns alle.«

Wir saßen in seinem Büro.

»Der Comma ist die Antwort auf diese Krise. Sein Design ist noch immer top-secret.«

Wenn er Ansprachen hielt, mangelte es nie an tops.

»Die Wirtschaft des ganzen Landes wird benefits aus dem Erfolg dieses neuen, brillanten Kleinwagens ziehen, der zweifelsohne die japanische, deutsche und französische Konkurrenz zerschlagen wird.«

»Und falls er sie nicht zerschlägt?« warf ich ein.

»Red keinen Unsinn. In diesem Fall käme es zu Zehntausenden von Entlassungen, aber was noch gravierender wäre, es würde zu einem internationalen – ich betone: internationalen – Imageverlust führen.«

Klar, das Wichtigste war natürlich der Imageverlust.

»Zur Lancierung des Comma in unserer Stadt wird es eine dreimonatige Kampagne geben. Es werden meetings, briefings, conventions, Ballett- und Konzertaufführungen, Pressekonferenzen und Lotterien veranstaltet. Die Topmanager werden kommen, ferner Touristen, Seiltänzer, Astrologen, Journalisten und Zirkusse aus ganz Europa und vielleicht sogar aus den Vereinigten Staaten. Die Geschäftsöffnungszeiten von einundzwanzig Stunden täglich erlauben uns, die Einnahmen weiter zu steigern.«

Super Mario, Hyper Paolo, Egidio und ich sahen uns an.

»Aber in diesen drei Monaten haben wir doch eigentlich unseren Sommerurlaub …«

»Eine Krise in der Autoindustrie bedeutet für diese Stadt im besonderen und für Italien im allgemeinen einen proportionalen Anstieg der Arbeitslosigkeit. Je weniger Geld im Umlauf ist, desto mehr wird mit Sicherheit auch der Konsum abnehmen: Das ist eine Frage von input und output. In Vorwegnahme zukünftiger Markttrends müssen wir jede sich bietende Verkaufsgelegenheit harpunieren. Sobald diese schlimme Phase vorbei ist, werden wir die Welt erobern. Aber bis es soweit ist – vergeßt das nicht –, wird die Schlange der Leute ohne Arbeit, die jederzeit bereit sind, euch zu ersetzen, mit jedem Tag länger …«

3.

In dieser Nacht schlief ich schlecht. Die Rede des Geschäftsführers gab mir zu Denken. Ich war allein. Vielleicht hätte ich ja mehr Verantwortung übernehmen, mich ernsthaft um meine Zukunft kümmern müssen … Natürlich gewann unter solchen Umständen auch das äußere Erscheinungsbild eine ganz neue Bedeutung …

4.

Am nächsten Tag machte ich einen Bummel durch die Geschäfte. Ich kaufte ein blaues Hemd, eine graue Hose und braune Schuhe. Alles bei Rap In, einem der teuersten Läden der Stadt. Natürlich sahen mich die Verkäufer – allesamt braungebrannt, parfümiert und gekleidet wie leibhaftige Konzernerben – verächtlich an. Sie wußten, daß ich noch nie zuvor einen Fuß in ein derartiges Geschäft gesetzt hatte. Meine geflickten Jeans, das verwaschene Hemd und die Turnschuhe sprachen eine deutliche Sprache. Der Typ an der Kasse machte einen auf geistreich und fragte, ob ich mit Scheck oder Kreditkarte zahlen wolle. Als ich wieder auf der Straße stand, machte ich die Tüte auf und betrachtete den Inhalt. Es war mir noch nie passiert, daß ich so viel für Kleidung ausgegeben hatte. Als ich abends nach Hause kam, schloß ich die Tasche im Schrank ein.

5.

Am nächsten Morgen erhielt ich noch einen Brief. Komisch, dachte ich, schon wieder Tatjana. Ich riß den Umschlag auf. Es war die Autoversicherung. Infolge der beiden Unfälle, die ich verursacht hatte, belief sich meine Prämie mittlerweile auf mehr als die Hälfte meines Gehalts. Der Benzinpreis stieg ständig. Ich arbeitete, um zu essen, das Auto zu unterhalten und die Miete zu bezahlen. Dazu war eine Festanstellung also da. Zum Glück hatte ich keine Zahnschmerzen.

6.

»Sie haben sich ja schon seit Jahren nicht mehr blicken lassen«, empfing mich lächelnd der Zahnarzt: groß, blond, weißer Kittel, Goldkettchen am Hals, Goldarmband am rechten Handgelenk, goldene Rolex am linken, während er mich auf dem Dukatenscheißerstuhl Platz nehmen ließ.

»Wo brennt's denn?«

»Gestern auf der Arbeit ist mir ein Gummibärchen im Backenzahn hängen geblieben. Ich habe versucht, es mit der Zunge rauszufummeln. Dabei ist der ganze Zahn mitgekommen.«

»Hm … Machen Sie mal den Mund auf.«

Er richtete die Lampe auf mein Gesicht und begann mit einem Mundspiegel herumzuhantieren. Im Ohrläppchen trug er einen eingefaßten Diamanten.

»Das Gummibärchen hat eine alte Füllung mit herausgerissen. Aber abgesehen davon sehe ich hier viele kariöse Stellen, die behandelt werden müssen … Also … Da wäre erst mal eine … Zwei … Drei … Vier … Fünf … Sechs … Sieben … Acht … Neun … Zehn.«

Er zog den Mundspiegel heraus.

»Müssen die denn alle behandelt werden?«

»Das prüfen wir jetzt mit der Sonde.«

Er nahm ein spitzes Instrument und steckte es ins erste Loch. Ich konnte mich nicht beherrschen und stöhnte vor Schmerz.

»Da, die Sonde dringt ein, das hier muß gemacht werden.«

Die Szene wiederholte sich bei den anderen neun.

»Nach ein paar Sitzungen ist Ihr Mund wieder in Ordnung, Sie werden sehen …«, sagte er immer noch lächelnd, die Betäubungsspritze schon im Anschlag …

7.

Unterdessen wurden nach wie vor täglich Ermittlungsbescheide wegen Korruption und illegaler Parteienfinanzierung an Politiker und Unternehmer verschickt. Die Zeitungen bezeichneten den Vorgang schon als unblutige Revolution. Zur selben Zeit wurde per Gesetz das sogenannte »Einsteigergehalt« bei Neueinstellungen eingeführt: Eine Stelle zu finden war mittlerweile ein so unerhörter Glücksfall, daß man ruhig eine Woche im Monat für lau arbeiten konnte.

8.

Ich ging wieder zum Zahnarzt. Wie beim vorigen Mal wirbelte er eine Stunde lang mit Spritzen, Bohrern und Amalgam herum.

»Geschafft«, strahlte er mich plötzlich an, während er mit einer Pirouette die Lampe von meinem Gesicht wegzog.

»Wegen der Rechnung bequemen Sie sich bitte zu meiner Sprechstundenhilfe.«

Ich bequemte mich.

Die Sprechstundenhilfe war vielleicht sechzehn oder siebzehn.

Unter dem weißen Kittel trug sie weiße Unterwäsche.

»Also ...«, sagte sie, wobei sie einen Taschenrechner aus einer Schublade nahm. »Das waren zwei Stunden Arbeit für zehn Füllungen ... Macht insgesamt zweimillionenfünfhunderttausend Lire, vorausgesetzt, Sie möchten eine Rechnung ...«

Das waren zwei Monatsgehälter.

»Und wenn ich keine möchte?«

»Dann sind's zwei Millionen. Aber in bar. Keine Schecks oder Kreditkarten.«

Ich hatte in etwa so viel auf der Bank.

»Dann machen wir es ohne Rechnung.«

9.

In den Zeitungen tauchte immer häufiger das Wort KRISE auf. In Anbetracht der Prognosen für die Marktentwicklung wurde in Mailand beschlossen, die Eröffnung der tausend weiteren Kioske zu verschieben.

Arnaldarnoldo tat sich mit der Idee hervor, während

der dreimonatigen Operation Comma kein zusätzliches Personal einzustellen, weil dadurch die Kosten für Humanmaterial gering gehalten werden konnten. Die Generaldirektion stimmte begeistert zu. Wir, das Humanmaterial, nicht ganz so. Wir arbeiteten jetzt bis zu vierzehn Stunden am Tag … Auch sonntags, versteht sich.

10.

Die große Werbeschlacht ging los. Die Stadt wurde mit Spruchbändern, Fahnen, Plakaten und Flugblättern überschüttet. Die Passanten bekamen von Rollschuh laufenden Sandwich-Mädchen Erinnerungsfotos in die Hand gedrückt, die den Papst, den Staatspräsidenten, den Kapitän der Nationalelf und die äußerst populäre Miß Tittenarsch 2000 an Bord eines Comma zeigten. Im Hintergrund war das Topmanagement der Herstellerfirma zu sehen: graue Anzüge, graues Haar, graues Lächeln. Presse, Rundfunk und Fernsehen berichteten über nichts anderes: der Comma, die letzte Chance für die Nation, die Geheimwaffe, mit der wir den Kleinwagenkrieg gegen die ausländische Konkurrenz gewinnen und die am Abgrund stehende Wirtschaft des Landes retten würden … Ungeachtet der Proteste seitens der Fahrgäste wurde die Linienführung der öffentlichen Verkehrsmittel willkürlich geändert. Die Stadt wurde noch chaotischer. Rentner und Hausfrauen versuchten ihr Fahrtziel per Anhalter zu erreichen und brachten damit den Verkehr zum Erliegen … Jedermann sollte von jetzt an den Comma kaufen … Meine Kollegen bestellten unverzüglich einen pro Nase bei den autorisierten Vertragshändlern. Arnoldarnaldo natürlich die superausgestattete Luxusversion. Die drei anderen, reflexartig und obwohl sie sich damit weiter verschuldeten, den Extra-Luxus-Explorer, der als weltweit einzigartig in seiner Hubraumklasse dargestellt wurde, mit wasserdichter Karosserie und Heckpropeller zum Durchqueren von Seen und Wasserläufen … Eine mehr oder weniger originalgetreue Kopie des Kübelwagens, den VW im Zweiten Weltkrieg für die Nazi-Armee gebaut hatte. Die Marketing- und Propagandaabteilung pries ihn als »Blume im Knopfloch der modernen italienischen Technologie«.

11.

Um die Massen noch mehr einzubeziehen, lancierten die Jungs vom Marketing die »Wahl der originellsten Schaufensterdekoration«. An sämtliche Geschäfte im Zentrum wurde dasselbe Deko-Set verteilt: ein maßstabgetreues Modell des Comma, der in apfelgrünem Polystyrol ausgeführte Schriftzug »Comma« sowie ein riesiges knallrotes Plastik-Komma. Um eventuelle Imageverluste zu vermeiden, wurde bestimmt, daß die Schaufensterdekorateure einzig und allein dieses Material benutzen durften. Millionen Postkarten lagen an den Ladenkassen bereit und forderten die Kundschaft auf, die kreativste Inszenierung zu wählen. Unter allen Einsendern sollte der Gewinner einer zweitägigen Reise nach Polen ermittelt werden, wo gerade genug Zeit bliebe, die brandneuen Fabrikanlagen zu besichtigen, die der größte italienische Autohersteller dort errichtet hatte. Innerhalb weniger Stunden wiesen sämtliche Geschäfte der Innenstadt die gleiche Schaufensterdekoration auf, einige mit dem roten Komma links von Modell und Schriftzug, andere mit dem roten Komma rechts davon …

12.

Um elf Uhr vormittags betrat ich den beschissenen Kiosk; um zwei Uhr nachts verließ ich ihn als Gehirnamputierter. Über die normalen Kunden, die Enzyklopädisten und die Verdammten der ›Gazzetta Ufficiale‹ hinaus hatten wir es nun auch mit Soubretten, Zwergen, Jongleuren, Journalisten, KFZ-Mechanikern, Ingenieuren, Fernsehmoderatoren, Vertragsautohändlern, Fernsehdiven, Clowns, Fußballern, Politologen und Zauberern zu tun ... Alle wollten alles, von ›Die Christliche Familie‹ über das neueste Heft von ›Selbsthypnose als Ausweg‹ bis zu ›Das Echo von Bergamo‹ und den unvermeidbaren Kursen der ›WINNER‹-Reihe ... Die Innenstadt war vollgestopft mit Leuten, die zwischen Fakiren und Rollschuh laufenden Sambatänzerinnen umherirrten ... Die auf den Kreuzungen festsitzenden Autofahrer traktierten Hupen, Trommelfelle und Stimmbänder. Als Erwiderung spuckten die Fußgänger ihnen auf die Scheiben, während sie sich blindwütig anrempelten und die Schatzsuche fortsetzen, bei der als Siegespreis die unfaßbaren Dessous der berühmten Miß Tittenarsch 2000 winkten.

13.

Nach einem Monat weigerten sich Egidio, Super Mario und Hyper Paolo, weitere Überstunden zu machen. Der erste führte nicht sehr überzeugend einen Kurs in autogenem Training zur Rechtfertigung an. Die beiden anderen jammerten, ohne Training ginge ihrem Gang das Katzenhafte verloren.

Abgesehen von der Arbeit hatte ich im Grunde nichts mehr. Also arbeitete ich einfach weiter.

14.

Auf das Blatt, auf dem wir die Stunden eintrugen, hatte jemand neben meinen Namen das Wort ARSCHKRIECHER geschrieben. Ich wußte, von wem es stammte. Ich strich es nicht aus. Super Mario und Hyper Paolo machten jeden Tag exakt dasselbe, erst auf der Arbeit und anschließend im Kurs, und das seit Jahren. Von nun an würden sie jeden Morgen bei Arbeitsbeginn, nachdem sie im Laden Licht gemacht hatten, ARSCHKRIECHER auf das Blatt schreiben. Völlig sinnlos, es auszustreichen.

15.

Zur Sommersonnenwende schlug die Stunde des Hochamts, mit dem die Kunden geneigt gestimmt werden sollten. Auf dem Platz der Märtyrer der Freiheit wurde in dunkler Nacht vor dem Spalier einer zahlenden Menge der erste Comma dem Publikum präsentiert. Kapuzenträger sangen Carl Orffs ›Carmina Burana‹. In der Bühnenmitte loderte ein gigantischer aus Preßspan gezimmerter Katalysator. Im Fackelschein zerschlug Miß Tittenarsch 2000 eine Flasche 77er Barbera an der Seitenwand des kleinen Gefährts, wodurch sie es taufte und zugleich verbeulte, während das Topmanagement des wichtigsten italienischen Industrieunternehmens angestrengt lächelte. Die Menge applaudierte. In diesem Augenblick materialisierte sich der Spielmacher der hiesigen Fußballmannschaft und levitierte zwischen den beiden Kirchen am anderen Ende des Platzes. Ein langgezogenes OOOHHH erhob sich aus der Masse. Viele warfen sich auf die Knie, nicht minder viele wurden ohnmächtig.

In der linken Hand hielt die Erscheinung eine Kreditkarte. In der rechten ein Scheckheft. Beide Hände waren durchbohrt. Die ›Carmina Burana‹ wichen der Hymne aus ›Die Stunde des Siegers‹. Eine zweite Gestalt gesellte sich zu dem schwebenden Fußballer: Sie wies exakt die Gesichtszüge eines stadtbekannten Autohändlers auf. Die erste Erscheinung unterzeichnete einen Scheck und reichte ihn der zweiten. Hinter dem Kirchturm kam ein Comma zum Vorschein. Der frischgebackene Besitzer grüßte die Menge mit einem Siegeszeichen und brauste unter Blitz und Donner in die Unendlichkeit des Sternenhimmels hinaus ... Einen Augenblick lang herrschte Stille ... Erst einige, dann Hunderte und schließlich Tausende zogen Wechsel, Kreditkarten und Scheckhefte aus den Brieftaschen ... Vor der Bühne begannen Schwarzhändler damit, Namen, Anzahlungen und Vorbestellungen einzusammeln ... Wer nicht über das nötige Kapital verfügte, bot zum Tausch gegen eine Option auf das Auto eine Niere, ein Auge, einen Lungenflügel oder sogar seinen kompletten Nachwuchs, lebensnotwendige Organe inklusive. In der ganzen Konfusion war es nicht mal während der Autotaufe jemandem aufgefallen, daß Miß Tittenarsch 2000 gar keine Unterwäsche trug, das tat sie nämlich nie. Die Schatzsuche, die ohne Sieger zu Ende gegangen war, war nur ein Bluff gewesen.

16.

Unterdessen ging die Kampagne weiter. An einem dieser unmöglichen Tage, als wir gerade vierzig Kolli neue Ware angeliefert bekamen, regnete es draußen, so daß alle Welt in den Laden stürmte und ihn gemeinsam mit den Irren, die der Ausschreibung von zwölf Gefängniswärterstellen hinterherjagten, verstopfte ... Während ich zwischen Kartons, Polystyrol, Computern, Pinschern, Kunden mit Parkinsonscher Krankheit, Ladendieben und Enzyklopädisten herumflippte, fragte mich ein Zwerglein mit ausländischem Akzent, ob wir irgendwo einen Videoguide über London hätten. Ich kramte in der Tourismusabteilung. Nichts zu machen. Keiner da.

»London ist aus. Singapur, Kokkola und Hongkong wäre da, ich kann's dir aber auch bestellen.«

»Nein, danke. Ich reise morgen aus Italien ab.«

»Du Glücklicher. Ich werde morgen immer noch hier sein.«

Er lächelte mich an.

»Arbeit ist ein bißchen wie Prostitution, findest du nicht?«

»Schon, aber ohne Gehalt schafft man's nicht bis zum Monatsende.«

»Trotzdem, zum Leben braucht man gar nicht viel Geld. Ich bin nie länger als sechs Monate an einem Ort geblieben. Auf diese Weise habe ich die halbe Welt bereist. Ich spreche jetzt neun Sprachen. Ich verdiene so viel, wie ich brauche, um von einem Land ins nächste zu reisen, dann mache ich mich wieder auf den Weg.«

In diesem Augenblick stürzte sich ein bleicher und schwitzender Arnoldarnaldo auf mich, gefolgt vom Top im grauen Nadelstreifenanzug.

»Walter, du mußt rasch ins Lager runter«, keuchte er und reichte mir über den Kopf des Zwergs hinweg eine Liste mit Titeln.

»Ich flehe dich an. Das ist ein Befehl.«

17.

Als ich zurückkam, saß Arnoldarnaldo wie auf glühenden Kohlen, dafür war der Fremde verschwunden. Auf der Computer-Tastatur fand ich eine Visitenkarte mit einer Amsterdamer Adresse und dem Satz FALLS DU IN DER GEGEND BIST, SCHAU DOCH MAL VORBEI, VIELLEICHT BIN ICH JA DA. ERIC.

Erst wollte ich sie wegschmeißen. Doch dann behielt ich sie.

18.

Das einzige Geräusch, das die Stille im Dorf unterbrach, kam von den Kirchenglocken, die für die Toten läuteten. Noch kein einziges Mal – weder morgens, wenn ich zur Arbeit fuhr, noch abends, wenn ich zurückkam – war ich jemandem auf der Straße begegnet, außer ein paar Katzen vielleicht. Nur einmal im Monat, wenn ich in die Bar meines Vermieters ging, um die Miete zu zahlen, stieß ich auf andere menschliche Wesen. Oder auf das, was davon übrig war. Die altgewordenen ehemaligen Bauern, Postboten und Arbeiter saßen mit Karten in der Hand an den Tischen und spielten immer dasselbe Spiel, ohne zu reden, ohne sich anzusehen. Statt dessen tranken sie. Rote Nasen, faule Zähne, schlecht rasiert. Ihr Leben hatte nur aus Arbeit bestanden und ihnen nichts gelassen. Vorbei die Jahre, in denen sie das Wochenende herbeigesehnt hatten, um sich sonntags vollaufen zu lassen, Karten zu spielen, stinkwütend nach Hause zu kommen und Frau und Kinder zu verprügeln. Jetzt waren die Monate wie eine endlose Kette von Sonntagen, auch wenn zu Hause keiner mehr war, den sie verprügeln konnten.

19.

Nachts vor dem Einschlafen dachte ich über das nach, was Eric gesagt hatte. Vielleicht litt er an Naivität, Wachstumsverweigerung, am Peter-Pan-Syndrom. Oder er hatte den Durchblick, während ich alles falsch machte und demselben Ende entgegentrieb wie die weinseligen Alten in der Bar. Die Arbeit hatte jeglichen Raum inner- und außerhalb von mir besetzt, sie nahm mir die Energie und die Phantasie, die für ein anderes Leben notwendig gewesen wären. Gleichzeitig hielt ich es für Wahnsinn zu kündigen, um mir eine andere Arbeit zu suchen. Mit meinen fast dreißig Jahren hätte ich doch nur die Fraktion der Dauerarbeitslosen vergrößert, die früher oder später als Penner, Abgedrehte oder Dealer endeten …

20.

Diese ganzen Wochen, die ich mich ohne einen freien Tag abgestrampelt hatte, brachten mich langsam aber sicher um. Ich hatte Blasen an den Füßen, und nachts wachte ich oft von Wadenkrämpfen auf. Tagsüber konnte ich mich nur in der Mittagspause mal hinsetzen. Normalerweise brauchte ich zwanzig Minuten zum Essen.

Doch gegen Ende der Werbekampagne überzog ich die halbstündige Pause ein paarmal. Beim dritten Mal erwartete mich Arnaldarnoldo an der Tür. In der Hand hielt er einen Aktenordner. DIENSTVERGEHEN UND DISZIPLINARMASSNAHMEN, las ich auf der Vorderseite.

»Heute schon wieder vier Minuten zu spät«, sagte er.

»Okay, oft bin ich aber auch zu früh, wenn ich mich nicht irre.«

»Das tut nichts zur Sache. Du hast eine halbe Stunde Mittagspause. Ob du sie ganz ausschöpfst oder nicht, ist allein deine Sache. Aber wenn du länger fortbleibst als vorgesehen, verstößt du gegen die Betriebsordnung.«

»Na und?«

»Dies ist eine mündliche Abmahnung. Beim nächsten Mal erfolgt sie schriftlich. Bei der dritten schriftlichen Abmahnung wirst du entlassen, denk dran.«

»Und ich muß unbedingt dran denken, meinen Gewerkschaftsbeitrag zu entrichten.«

»Das Wort Gewerkschaft existiert in diesem Laden nicht, Walter. Merk dir das.«

21.

Schließlich ging auch die Werbekampagne zu Ende. Zauberer, Kongreßteilnehmer, Sekretärinnen und Funkenmariechen verschwanden über Nacht. Die Stadt nahm wieder ihr alltägliches Erscheinungsbild an, nur daß sie jetzt buchstäblich unter einer Müllschicht lag. Commas sah man noch keine auf den Straßen. Was uns betraf, so fanden wir auf der Lohntüte des dritten Monats unter der Rubrik ÜBERSTUNDEN nicht eine Lira mehr.

»In dieser Konjunkturphase muß das Team die Kosten maximal einschränken, Leute«, erklärte uns Arnaldarnoldo.

Wir sahen uns an. Vielleicht war das ja nur ein böser Traum.

»Es ist zu euer aller Nutzen, glaubt mir. Im übrigen«, fuhr er fort, »das Schöne am Kapitalismus ist ja, daß man seinen Arbeitgeber wechseln kann. Wer nicht einverstanden ist, kann jederzeit seine Sachen packen.«

O ja, Italien war eine auf Arbeit gegründete demokratische Republik. Hieß es nicht so auch in unserer Verfassung?

22.

Wir kehrten zur Normalität zurück. Ohne die Dekorationen und den ganzen Firlefanz wirkten die Straßen der Stadt auf einmal irgendwie armseliger. Die untätigen Verkäuferinnen starrten gebannt auf die wenigen Passanten auf den Straßen, die sich nicht entschließen konnten, die Geschäfte zu betreten. An manchen Tagen bongten sie nicht einen Betrag ein, hörte ich sie mittags in der Bar klagen. Uns dagegen mangelte es für den Augenblick nicht an Kunden, obwohl die Staatsdruckerei kurz zuvor eine eigene Verkaufsstelle eröffnet hatte und wir endlich die ›Gazzetta Ufficiale‹ losgeworden waren. Jedenfalls beinahe.

23.

»Ich möchte die ›Gazzetta Ufficiale‹ mit den Stellenausschreibungen.«

»Die verkaufen wir nicht mehr, Signora.«

»Wie, die verkaufen Sie nicht mehr? Und was sollen wir Universitätsabgänger jetzt machen? An wen sollen wir uns wenden?«

»Versuchen Sie es in der Via Cavour 17, Signora.«

»Und was soll da sein?«

»Die Staatsdruckerei. Die ›Gazzetta‹ wird jetzt dort verkauft.«

»Wo, haben Sie gesagt, befindet sich die Staatsflunkerei?«

»Staatsdruckerei, Signora, Staatsdruckerei. In der Via Cavour 17.«

»Warten Sie, das notiere ich mir. Via Cavour Nummer?«

»SIEBZEHN.«

»Ist das weit von hier?«

»Das weiß ich nicht, Signora.«

»Haben Sie denn keine Telefonnummer?«

»Nein.«

»Ob die jetzt wohl geöffnet haben?«

»Signora, ich stehe den ganzen Tag hier im Laden und bin noch nie in der Staatsdruckerei gewesen.«

»Aber kriege ich da denn auch die ›Gazzetta‹, die ich suche?«

24.

Das Auto verlor Öl. Beim Fahren stotterte der Motor. An den Kreuzungen soff er ab. Nach den Unfällen hatte ich keine Inspektion mehr machen lassen. Ich beschloß, das Auto in die Werkstatt zu bringen.

»Eieieieieieiei«, machte der Mechaniker beim Blick unter die Motorhaube.

»Was ist denn? Ist es schlimm?«

»Eieieieieieiei«, wiederholte er und machte sich am Motor zu schaffen.

»Es wird ja wohl nicht schrottreif sein?«

»Noch ein paar hundert Meter, und es wäre völlig zusammengebacken. Kontakte, Kerzen, Verteiler und

Ölwanne müssen gewechselt werden. Weiß der Himmel, wie der Vergaser aussieht. Wann waren Sie damit zum letzten Mal bei der Inspektion?«

»Vor zwei oder drei Jahren.«

»Alte Autos wie dieses hier brauchen regelmäßige Wartung. Ich seh mir mal alles an. Wann brauchen Sie es wieder?«

»Ich fahre jeden Tag damit zur Arbeit.«

»Fragen Sie morgen mal nach. Ich versuche, den Wagen mit ein paar Überstunden wieder hinzukriegen.«

»Danke.«

An diesem Tag fuhr ich mit dem Zug in die Stadt. Am nächsten Morgen ging ich wieder in die Werkstatt. Der Mechaniker schob das Auto gerade von der Arbeitsgrube.

»Geschafft«, sagte er. »In diesem Moment bin ich fertig geworden.« Er lächelte.

»Phantastisch. Ist jetzt alles in Ordnung?«

»Sie werden denken, Sie fahren ein anderes Auto. Warten Sie, ich hole Ihnen die Rechnung.«

Er betrat das Büro mit den ölverschmierten Fenstern. Die Wände der Werkstatt waren mit Titten- und Arschkalendern tapeziert. Während ich ein Paar Frauenbeine betrachtete, kam der Motormagier mit einem Stück Papier in der Hand zurück. »Also, das waren zwölf Stunden Arbeit, davon vier nachts. Ich habe Bremsen, Kerzen, Batterie, Kontakte, Ölwanne, Verteiler und Vergaser ausgewechselt. Mit Frostschutzmittel und destilliertem Wasser macht das alles in allem einemilliondreihunderttausend, wenn Sie eine Rechnung wollen.«

Soviel verdiente ich in einem Monat.

»Und ohne Rechnung?«

»Runden wir auf eine Million ab. Einverstanden?«

Seinerzeit hatte mich das Auto das gleiche gekostet.

»Einverstanden.«

25.

In meinem Monatsgehalt fuhr ich über die Stadtautobahn ... Nach vier Jahren Arbeit hatte ich gerade mal vier Millionen Lire auf der Bank ... Das würde nicht mal für ein Grab reichen. Andererseits war ich schon immer für eine Verbrennung gewesen. Wenn ich die Asche in den Wind streuen ließ, käme ich wahrscheinlich billiger davon. In diesem Augenblick platzte ein Vorderreifen. Das Lenkrad wirbelte meine Arme herum. Ich kam von der Straße ab. Gott weiß warum, aber ich dachte: MORGEN IST WEIHNACHTEN ...

5. Kapitel

1.

Zu Hause betrachtete ich die graue Hose, das blaue Hemd und die braunen Schuhe im Kleiderschrank. Seit ich sie gekauft hatte, lagen sie da im Dunkeln. Mit fast Dreißig lebte ich jetzt endlich meine Zukunft. So hatte ich sie mir in meinen Jugendträumen nicht vorgestellt.

2.

In dieser Nacht konnte ich nicht schlafen. Draußen schneite es. Bald fing ein neues Jahr an. Genauso sinnlos wie die vorangegangenen. Ich schaltete den Fernseher ein. Die beiden Verkaufskanäle waren zusammengeschaltet und sendeten ein Erotik-Special. Drei über Achtzigjährige schworen, dank der wundersamen Wirkung einer erektionsfördernden Creme die Klassenkameradinnen ihrer Enkelinnen rumgekriegt zu haben. Der nationale Privatsender brachte die Telenovela ›Anormal House‹, eine Eigenproduktion, in der die wahren Schicksale aus der ›Porfirio Topazio Show‹ mitwirkten. Ich machte den Fernseher aus. Irgendwo in der Dunkelheit heulte ein Hund. Wahrscheinlich hatte jemand beschlossen, sich anzuzünden und den Prozentsatz der bei lebendigem Leib Verbrannten gegenüber den Erhängten zu erhöhen. Die beliebteste Methode blieb aber weiterhin die mit dem Auspuff. So gegen drei fing auch ich an zu heulen. Um fünf rief ich im Laden an.

»WAS ZUM TEUFEL, WOLLEN SIE UM DIESE UHRZEIT?«

Es war Super Mario.

»Ich bin's, Walter. Ich komme heute nicht zur Arbeit. Sagen wir, ich mache Urlaub. Morgen vielleicht auch, vielleicht sogar die ganze Woche.«

»WEISS DEIN SKLAVENHÄNDLERFREUND DAVON?«

»Nein. Sag ihm, daß ich angerufen habe, um Bescheid zu sagen.«

»WIE DU WILLST.«

Ich kramte den alten ballonförmigen Rucksack hervor. Um Geld zu sparen, hatte ich einen ohne Gestell genommen, und beim Packen nahm er die Gestalt eines kleinen Nilpferds an. Ich tat sämtliche Kleidungsstücke aus Halbwolle hinein, die ich besaß, inclusive löchriger Strümpfe und langer Unterhosen.

3.

Die Jungs am Schalter lachten, als ich die Bank betrat. Mit dem Ballonrucksack auf dem Rücken hob ich alles Geld von meinem Konto ab.

»Hat der Herr vielleicht ein Problem?« erkundigte sich der Typ an der Kasse, an den ich mich gewandt hatte.

»Ja, ich bin ein Massenmörder, und besonders gerne vergewaltige ich Bankangestellte, bevor ich ihnen die Kehle durchschneide.«

Ich nahm das Geld und ging.

4.

Im Bahnhof löste ich eine einfache Fahrt nach Oulu. Auf der Europakarte im Wartesaal zweiter Klasse sah ich zum erstenmal, wo die Stadt überhaupt lag: ein gutes Stück nördlich von Helsinki, Stockholm und Oslo, exakt einen Breitengrad unterhalb des Nördlichen Polarkreises. Auf derselben Höhe wie Island.

In einer Ecke des Raums hustete ein in Lumpen gehüllter alter Mann. Auf der Wanduhr las ich das Datum, 28. Dezember. Ich besaß nicht mal eine Daunenjacke oder ein Paar Handschuhe und fuhr an einen Ort, der auf der gleichen geographischen Breite lag wie die Insel des Eises. Ohne die Sprache der Einheimischen zu sprechen. Mit einer Nylonjacke am Leib und Turnschuhen an den Füßen, die mich nicht mal in Italien vor der Kälte schützten. Vielleicht sollte ich das Ganze lieber lassen. Aller Wahrscheinlichkeit nach würde man mir dort nach ein paar Tagen die ersten erfrorenen Glieder amputieren, während ich hier im geheizten Laden einfach zusehen könnte, wie draußen vor den Schaufenstern der Schnee fiel. Noch zehn Minuten bis zur Abfahrt. Langsam näherte ich mich dem Zug nach Mailand, wo ich in Richtung Schweiz umsteigen sollte. Noch war Zeit umzukehren. Eric war verrückt. Tatjana hatte mir nicht mehr geschrieben. Worüber beschwerte ich mich eigentlich? Jedermann haßte seine Arbeit. Niemandem gefiel das Leben, das er führte. Sicher, die Schere zwischen den wenigen Glückspilzen und der Masse ohne Zukunft klaffte mit jedem Tag weiter auseinander. Aber deswegen mußte man sich ja noch lange nicht mitten im Winter an den Nordpol flüchten …

Vor dem letzten Wagen zweiter Klasse blieb ich stehen. Die Schaffner schlossen die Türen. Ein Typ in Uniform mit roter Mütze und Signalkelle steuerte auf das

Zugende zu. Als er an mir vorüberging, warf er einen Blick auf den Ballonrucksack auf meinem Rücken.

»Wollen Sie mitfahren?«

»Ja.«

»Worauf warten Sie dann noch? Sehen Sie nicht, daß der Zug abfährt?«

Er riß mir die Fahrkarte aus der Hand.

»Das ist der richtige Zug.« Er öffnete die Tür. »Bitte sehr.«

Ich stieg ein. Er schloß die Tür. Ein paar Sekunden später hatten wir den Bahnhof verlassen.

5.

Der Wagen war komplett von jungen farbigen Frauen belegt. Alle ziemlich fett. Alle ganz schön geschminkt. Alle spärlich bekleidet. Bei vielen steckten in den Schlappen die nackten Füße. Ich setzte mich auf den einzigen freien Platz und versuchte vergeblich, den Ballonrucksack im Gepäcknetz unterzubringen. Meine Reisegefährtinnen unterbrachen ihre Gespräche. Ich fühlte mich ziemlich unbehaglich. Plötzlich gehörte ich einer Minderheit an. Es war nicht sonderlich angenehm. Ihnen mußte das ständig so gehen. Etwa eine halbe Stunde lang herrschte Totenstille. Dann, beim zweiten oder dritten Halt, stiegen sie geschlossen aus.

»Sex-Pendlerinnen«, erklärte mir der Schaffner im Vorübergehen. »Sie stellen sich an die Autobahn und fahren dann mit den Kunden zurück in die Stadt.«

Durchs Fenster sah ich zu, wie sie davongingen. Es schneite immer noch.

6.

Ich kam in Mailand an. Der Zug nach Basel fuhr in vierzig Minuten. Ich hatte Hunger. In der Bar im Bahnhofsfoyer kaufte ich mir ein Sandwich und ein Bier. Auch andere Reisende verzehrten ihre Bestellungen an den Tischen gegenüber der Theke. Als ich aus dem Fenster sah, bemerkte ich, daß ein auf dem Boden kauernder Penner meine Hände, meinen Mund, mein Sandwich anstarrte. Neben ihm wandte eine Frau in derselben Verfassung den Blick nicht vom Croissant meines Nebenmanns ab. Rings um die Bar zählte ich gut zwanzig identische Blicke, die auf die Toasts und Tramezzini der in ihre Zeitungen vertieften Gäste gerichtet waren. LIEBER SCHWARZ ALS ROT, titelte ein Blatt. NIEDER MIT DEM VIERZIGJÄHRIGEN KOMMUNISTISCHEN REGIME IN ITALIEN, forderte ein anderes.

7.

In einem Schweizer Abteil des Schweizer Waggons fuhr ich durch die Schweiz. Das Abteil war sauber und leer. Der Waggon makellos und verlassen. Die Schweiz ... glitt schmerzlos am Fenster vorbei, gedämpft von tonnenweise Schnee, die Häuser einsam, die Straßen ohne Verkehr, ohne Passanten, ein unendliches Geisterdorf, das von riesigen Kiefern und mächtigen Gebirgen bevölkert wurde.

8.

In Basel wartete ich auf die Ankunft des Intercity nach Frankfurt. Im Bahnhof wimmelte es von türkischen Gastarbeitern. Schweigend saßen sie auf den Bahnsteigen und warteten auf die Nahverkehrszüge in die Vororte. Auf einer Bank kauernd, fragte ich mich die ganze Zeit, was ich hier verloren hatte. Ich zitterte vor Kälte. Ein großer, nichtssagender, fast gesichtsloser Typ setzte sich neben mich. Ich sah mir seine Klamotten an. Er steckte von Kopf bis Fuß in schwarzem Kunstleder. Hut, Handschuhe, Überzieher, Hose, Schuhe. Auf der Bank hatte er zwei riesige Koffer abgestellt. Aus Kunstleder. Schwarz.

»Italiener?« fragte mich der Mann in Kunstleder mit einem seltsamen Akzent.

»Sieht man das?«

»Ich wette, Sie wollen auch nach Jugoslawien.«

»Nein, ich fahre nach Finnland.«

»Finnland? Bei Ihrem Gesicht?«

»Wieso, was habe ich denn für ein Gesicht?«

»Das von einem, der nach Zagreb fährt. Oder Belgrad. Oder meinetwegen Mostar. Sarajevo.«

Ich begriff nicht.

»Wenn Sie wirklich nach da oben wollen, dann werden Sie sich den Tod holen, so wie Sie bei der Jahreszeit angezogen sind.«

»Wahrscheinlich.«

»Vielleicht habe ich hier das Richtige für Sie.«

Er öffnete einen der beiden Kunstlederkoffer. Er enthielt einen eindrucksvollen Haufen Armeekleidung. Von ganz unten holte er einen Tarnanzug hervor.

»Der ist russisch, wattiert, für Panzerfahrer. Sogar der Kragenspiegel ist noch dran. Für arktische Temperaturen geeignet.«

Er zog den Reißverschluß, der vom Hals bis in die Leistengegend reichte, nach unten. Das Futter war aus Kunstfell.

»Hundert Schweizer Franken, und er gehört Ihnen.«

»Ich habe keine Schweizer Franken. Nur Lire.«

»Dann Hunderttausend von Ihren Lirchen. Hundertfünfzig, wenn Sie auch Stiefel wollen.«

Ich überlegte eine Weile. Tatsächlich konnten mir die Sachen nützlich sein.

»Einverstanden.«

Ich bezahlte. Der Mann in Kunstleder gab mir Overall und Stiefel.

»Waffen, Sprengstoff?«

»Wie bitte?«

»Brauchen Sie eine Bazooka? Ein Maschinengewehr, eine Pistole? Handgranaten, Dynamit, Plastiksprengstoff?«

Er machte Anstalten, den anderen Koffer zu öffnen.

»Nein, danke. Ich glaube nicht, daß ich so etwas in Finnland brauche.«

»Ach, man kann nie wissen. Auch in den baltischen Staaten kann's von heute auf morgen losgehen. Hoffe ich wenigstens.«

Er stand auf. Der Zug nach Ljubljana war eingefahren.

»Warum kommen Sie nicht mit mir?« fragte er mich, während er einstieg. »Die zahlen gut, wissen Sie? Sowohl für Import-Export als auch für Söldner.«

Ich gab ihm keine Antwort. Sein Zug fuhr ab.

9.

Ich ließ den Intercity nach Frankfurt sausen und machte es mir im D-Zug nach Hamburg gemütlich. Ich schloß die Tür des leeren Abteils, das ich in der Mitte des Waggons gefunden hatte, in der Vorstellung, die Nacht zum Schlafen zu nutzen. Ich zog die Vorhänge zu und machte das Licht aus. Es war fast wie in einem dieser Grabnischen-Apartments der Japaner. Bei mir fehlte zwar der Fernseher, aber dafür bewegte es sich …

In meinen wirren Träumen saß ich in der Wüste auf einem Schlitten, der von zwölf nackten Tatjanas gezogen wurde, als PLÖTZLICH jemand die Tür AUFRISS und das Licht ANMACHTE. Ich fuhr hoch. Zwei offensichtlich besoffene Kleiderschränke mit rot-weißen Schals um den Hals schrien etwas auf Germanisch.

»JAWOHL!« antwortete ich, ohne zu wissen warum. Zufrieden klopften mir die beiden ein paarmal auf die Schulter. Dann zogen sie Schraubenzieher, Engländer und Knüppel aus ihren Jacken. Mir gaben sie einen Hammer. Sie begannen das Abteil zu demolieren. Ich trat hinaus auf den Gang. Ein paar Fahrgäste hatten sich in die Wagenübergänge geflüchtet. Eine Hundertschaft alkoholisierter Fußballfans machte sich daran, den Waggon auseinanderzunehmen. Sie sangen. Der Typ, der mir den Hammer in die Hand gedrückt hatte, kam angelaufen und sagte etwas zu mir. Wenn er gemerkt hätte, daß ich kein Deutsch sprach, wäre er über mich hergefallen. Wahllos begann ich auf alles mit dem Hammer einzuschlagen. Er lächelte glücklich und rülpste. Draußen flog Deutschland vorbei und drinnen arbeiteten wir wie die Blöden. Während ich Sitze aufschlitzte und Wände zertrümmerte, fragte ich mich, wieso die Polizei den Zug nicht stoppte und uns allesamt einbuchtete. Bei jedem Schlag stellte ich mir vor, Arnoldarnaldo zu schlagen, das budget, die Videothek, die ›Gazzetta‹-Irren. Ich verdoppelte meine Anstrengungen. Um sechs Uhr morgens kamen wir – erschöpft, aber fröhlich – in Hamburg an. Weder Schäferhunde noch Polizisten warteten auf uns.

10.

Eine Weile irrte ich orientierungslos durch den Bahnhof und suchte den Eurocity nach Kopenhagen. Auf den Bahnsteigen beendeten die Reinigungskräfte ihre Nachtschicht. Der hellhäutigste von ihnen kam vielleicht aus Saigon. Ein paar Kioske in arabischer Hand machten gerade auf. DEUTSCHE DELIKATESSEN verkündeten die Reklameschilder. Mir fiel ein, daß ich seit Mailand nichts mehr gegessen hatte, und das war schon einen Tag her. Ich hatte nicht eine Mark in der Tasche. Ich klapperte die Wechselstuben ab. Natürlich waren die um diese Uhrzeit noch geschlossen …

11.

Ohne Grenzkontrollen fuhr der Zug auf dänisches Gebiet. Ab und zu unterbrach ein Bauernhof die Abfolge weißer Wälder, Wiesen und Hügel. In Puttgarden nahmen wir eine Fähre. Da die Sonne schien, beschloß ich auf die Brücke hinaufzugehen. Grau verschmolz das Meer mit dem Himmel. Der schneidende Wind fuhr mir eiskalt in die Kleider. Ob Tatjana wohl froh sein würde, mich wiederzusehen? Wer weiß, wie sie reagierte, wenn ich müde und ungewaschen an ihrer Tür klopfte? Wer weiß.

12.

Gegen Mittag stieg ich in Kopenhagen aus dem Zug. Da es Minderjährigen in den skandinavischen Ländern verboten war, Alkohol zu trinken, wimmelte es in der Bahnhofshalle nur so von betrunkenen Jugendlichen. Der Anschlußzug nach Stockholm ging erst in ein paar Stunden. Ich beschloß ein bißchen Geld zu wechseln und in der Stadt einen Happen zu essen. Fünfzigtausend in dänische Kronen umgetauschte Lire wurden zu einer lächerlichen Summe. Ich kaufte einen Innenstadtplan und trat hinaus auf die Straße. Ein KRÄFTIGER WIND WIRBELTE MICH HOCH, obwohl ich den schweren Ballonrucksack auf dem Rücken trug. Ich FLOG buchstäblich ein paar Meter durch die Luft und knallte gegen eine Ampel. Die Passanten um mich herum gingen problemlos ihres Weges, weil sie hart an den Häuserwänden entlangliefen. Mit Mühe kam ich von der Ampel los. Ich versuchte, immer nur einen Fuß auf einmal zu heben und erreichte schwankend ein Gebäude. Mit Hilfe der Technik der Ortsansässigen überquerte ich den Tivoli und den Rathausplatz. Ich kam an eine für den Verkehr gesperrte Straße voller Geschäfte und Touristen. Die Schaufenster der Geschäfte waren riesig und hell erleuchtet. Die Verkäuferinnen waren durch die Bank groß, blond und wunderschön. Touristenhorden taten so, als ob sie die ausgestellte Ware betrachteten. In Wirklichkeit aber verschlangen sie die Kurven dieser Körper, während sie die Mädchen auf sich aufmerksam zu machen und ihnen ein Lächeln abzuringen versuchten. Diese ignorierten sie einfach und gingen ihrer Arbeit nach. Ich sah mir den Pulk der erigierten Männer genauer an. Sie machten Stielaugen. Sie trugen kleine Invicta-Rucksäcke. Italiener. Kopenhagen quoll über von Italienern, die Jeans-Läden und Parfümerien mit

Peep-Shows verwechselten. Ich ging in ein Café. Auf der Toilette zog ich den russischen Panzerfahreroverall an …

13.

In Stockholm zeigte das Thermometer am 30. Dezember zwanzig Grad unter Null an. In meinem Abteil saß ein Brasilianer in Baumwollhose und -hemd, der zum Ausgleich schon bei der dritten Pulle Johnny Walker war und einer aus Texas stammenden Amerikanerin obszöne Avancen machte. Die Texanerin gehörte einer Sekte an und versuchte ihrerseits unablässig, ihn mit Sprüchen aus dem Neuen Testament zu bekehren. Die ganze Nacht über, von Helsingborg bis zur Hauptstadt, hatte ich ihre Unterhaltung mit angehört. Während wir auf die Fähre nach Finnland warteten, ging ich auf einen Sprung in die Stadt, um nicht der Versuchung zu erliegen, sie alle beide zu erwürgen. Es schneite unaufhörlich. Die Jugend schleckte an Eistüten und machte einen Stadtbummel. Viele trugen Jeans, die auf Höhe der Knie eingerissen waren. Unter dem Stoff sah man die nackte Haut. Außer der Jacke und dem gefütterten Panzerfahreroverall trug ich drei Wollpullover, ein Paar lange Unterhosen (ebenfalls aus Wolle), Kordhosen, zwei Paar Strümpfe sowie die Soldatenstiefel. Ich sah ziemlich fett aus und hatte Mühe voranzukommen. Aus Bequemlichkeit hatte ich die hygienisch-sanitären Operationen auf das unerläßliche Mindestmaß zurückgeschraubt und stank dementsprechend wie ein Schwein. Die Duftwolke, die ich auf meiner Fahrt durch Schweden hinter mir her zog, war mit Sicherheit nicht Marke Herzensbrecher.

14.

Wir kamen in Turku an. Sobald ich das Schiff verließ, froren meine Nasenschleimhäute ein. Als ich den Zug nach Oulu bestieg, warf ich einen Blick auf das Bahnhofsthermometer. Es zeigte dreißig Grad unter Null an.

15.

Wir stießen in die Eiswüste vor. Der Waggon, in dem ich saß, schien das einzige wirkliche Wesen in einer vollkommen weißen und stillen Welt ohne Himmel und Erde. Die meisten Fahrgäste schliefen. Ich hätte mich am liebsten auch ausgeruht, aber die Vorstellung, daß ich nach so langer Zeit und so vielen Kilometern wieder mit Tatjana zusammensein würde, machte mich nervös. Was würden wir heute abend zueinander sagen? Meine Nachbarin bot mir lächelnd ein Stück von ihrem Sandwich an. Hoppla, dachte ich, der mediterrane Charme wirkt auch noch in diesen Breiten. Ich bedankte mich und aß. Beim Kauen betrachtete ich ihre hellen Augen, ihr fahles Haar, ihre etwas kartoffelige Nase. Sollten sich die Dinge mit Tatjana nicht in die richtige Richtung entwickeln, hatte ich ja vielleicht schon eine Alternative gefunden. Ich dachte gerade darüber nach, wie ich sie am besten nach ihrer Telefonnummer fragen könnte, als sie mir ein Heft mit englischem Text reichte. ›THE WATCH TOWER‹ lautete der Titel. Ich war an eine Zeugin Jehovas geraten.

16.

Abends kam ich endlich in Oulu an. Es war der 31. Dezember. Das Thermometer draußen vor dem Bahnhof zeigte vierzig Grad unter Null an. Wer immer sich an ein Leben bei derartigen Temperaturen anpaßte, mußte verrückt sein. Ein schlitterndes Taxi brachte mich zu Tatjanas Adresse. Da ich sie kannte, hatte ich mich eigentlich auf ein Iglu gefaßt gemacht. Doch der Taxifahrer ließ mich in der Nähe des Hafens vor einer Art Pfahlbau aussteigen. Auf dem Dach werkelten ein paar Arbeiter im Blaumann bei Scheinwerferlicht herum. Als sie meinen Ballonrucksack sahen, hielten sie einen Augenblick inne. Mit rasendem Herzen klingelte ich. Kurz darauf wurde die Tür geöffnet. Vollkommen nackt stand Tatjana mit einem Glas Wein in der Hand vor mir und sah mich an, als ob ihr ein Cyborg erschienen wäre.

»Walter! Mann, bist du fett geworden! Was machst du hier überhaupt? Los, komm rein.«

Ich kam rein. Im Haus wimmelte es von Lappen. Alle aßen Müsli- Beeren-Kekse. Alle tranken plappernd Alkohol. Alle stellten ihre athletischen, wohlproportionierten, nackten Körper zur Schau.

»Ich gebe eine Silvesterparty. Ich hatte überlegt, dich einzuladen, aber dann habe ich mir gesagt, na, der kommt bestimmt nicht. Und jetzt bist du doch da.«

»Tja.«

»Du brennst bestimmt darauf, dich auch auszuziehen.«

»Wenn's unbedingt sein muß ...«

Sie führte mich ins Schlafzimmer. Auf dem Teppichboden vögelten zwei Lappen. Tatjana stellte uns einander vor. Der Junge und das Mädchen antworteten irgendwas.

»Es ist ihnen ein Vergnügen, sagen sie«, übersetzte die Hausherrin.

»Das glaube ich gern.«

Ich zog Stiefel und Overall aus. Mein Körper setzte eine Giftgaswolke frei.

»Möchtest du duschen?« fragte Tatjana und hielt sich die Nase zu.

»Am liebsten gleich zweimal.«

Vor dem Badezimmer küßten sich vier Frauen, wobei sie sich gegenseitig an die Titten faßten. Ich war so müde, daß er nicht mal steif wurde. Über eine halbe Stunde blieb ich unter der Dusche. Dann trocknete ich mich vor dem Spiegel ab. Was hatte ich hier zu suchen? Diese Körper sahen alle gesund, sauber und kräftig aus. Ich war zu mager, hatte dichtbehaarte Beine, eine Narbe am Rücken, noch mehr Haare in Form eines lächerlichen Dreiecks auf der Brust, die vorstehenden Schulterblätter eines kleinen Jungen …

17.

Ich ging zurück ins Wohnzimmer. Schwänze, Muschis, Münder, Ärsche und Hände waren überall zugange. Zum Glück redeten hier und da noch ein paar Gäste miteinander. Ich, der einzige braunbehaarte unter so vielen praktisch haarlosen Blonden, versuchte mich unauffällig vorbeizumogeln und Tatjana zu finden. Verlegen und verwirrt, wie ich war, löste der Anblick so vieler Muschis keinerlei Reaktion bei mir aus. Meine Rote machte sich gerade am Fernseher zu schaffen. Einer der Typen im Blaumann kam herein. Ohne sich um die Orgie zu kümmern, sagte er etwas zu ihr.

»Apropos«, warf ich ein, »was machen die Arbeiter eigentlich da auf dem Dach?«

Sie lächelte mich an.

»Wart's ab, du wirst schon sehen.«

Mit der Fernbedienung schaltete sie von dem finnischen Sender, der die Aufzeichnung eines Langlauf-Skirennens brachte, auf eine Reihe englischer, französischer, spanischer Sender um … Schließlich fand sie, was sie suchte.

»Schau! Das Super-Neujahrsspecial der ›Porfirio Topazio Show‹!«

Sie hatten ihr eine Satellitenschüssel aufs Dach montiert.

18.

Am nächsten Morgen gegen elf gingen wir aus dem Haus. Die anderen Gäste schliefen noch. Draußen war es fast dunkel. Ich sah auf die Uhr, während wie üblich meine Nasenschleimhäute einfroren.

»Zu dieser Jahreszeit scheint die Sonne hier nur wenige Stunden am Tag«, klärte Tatjana mich auf.

Schweigend durchquerten wir einen endlosen Wald. Wir liefen und liefen und liefen. Plötzlich hörte der Wald auf. Vor uns breitete sich eine unendliche weiße Fläche aus, in deren Mitte sich ein Hügel erhob.

»Das ist der Bottnische Meerbusen. Er gehört zur Ostsee. Das da vorne ist normalerweise eine Insel. Jetzt, im Winter, kann man zu Fuß oder sogar mit dem Auto hin.«

In der absoluten Stille um uns herum betraten wir die Ostsee – wie Jesus. Tatjana ging ein paar Meter vorneweg. Noch vor einer Woche hatte ich mich ihr – trotz der Entfernung – nah gefühlt. Jetzt lief sie wenige Schritte entfernt vor mir durch den Schnee, und doch war sie noch nie so weit weg gewesen. Die Leere, die sie nach ihrer Abreise hinterlassen hatte, das Verlangen, sie wiederzusehen, ihre Stimme zu hören, mit ihr zu reden – das alles schien plötzlich nichts mehr mit mir zu tun zu haben und der Vergangenheit anzugehören. Ich fragte mich, was wohl passiert wäre, wenn sich das Eis unter meinen Füßen aufgetan hätte. Wahrscheinlich wäre ich erfroren. Es war nicht weiter wichtig.

Wir gelangten auf die Insel, folgten dem Küstenstreifen, der im Sommer der Strand sein mußte, und stießen auf eine Ansammlung schneebedeckter Holzhütten. Eine davon sah aus wie ein Erholungsheim. Die übrigen waren verrammelt.

»Ich habe Durst. Möchtest du auch etwas trinken?« fragte sie.

»Später vielleicht. Ich glaube, ich sehe mich noch ein bißchen um.«

Tatjana verschwand in dem Lokal. Ich setzte mich auf die vereisten Stufen einer Hütte. Vor mir erstreckte sich nur eine unendliche, weiße, leere Weite. Im letzten Licht des Tages versuchte ich in diesem Nichts etwas zu erkennen. Nichts zu machen. Irgendwo hatte ich gelesen, daß die Eskimos sechzehn oder siebzehn verschiedene Wörter für Schnee hatten. Ich kannte nur eins. Man fühlte sich wie im vollkommenen Nichts schwebend. Außerhalb der Zeit. Außerhalb des Raums. Von wegen virtuelle Realität.

Ich weiß nicht, wie lange ich regungslos diese weiß ausgepolsterte Leere anstarrte. Plötzlich spürte ich meine Zehen nicht mehr. Sollten sie trotz der Stiefel und der zwei Paar Strümpfe erfroren sein, würde man sie mir amputieren. Ich stand auf. Ich versuchte zu gehen. Ich hatte keine Zehen mehr. An ihrer Stelle sah ich schon zehn winzige Stümpfe. Ich versuchte den Fuß zu krümmen. Ich machte ein paar Schritte auf die Bar zu. Wenn ich die Fußspitzen streckte, meinte ich wieder etwas zu spüren. Vielleicht war ja noch nicht alles zu spät. Ich betrat das Lokal.

An einem Tisch in der Mitte des Raums trank Tatjana Joghurt. Ich bat sie, mir ein Glas Wodka zu bestellen. Ein paar Fischer hingen vor einem seltsamen Spielgerät, einer Mischung aus Flipper und Geldspielautomat. An Stelle der Kugel benutzten sie Markstücke. Ein Typ, der am Nebentisch saß, starrte mich unverwandt an. Was zum Teufel will der denn, dachte ich.

»He, Sie arbeiten doch in diesem Kiosk in der Innenstadt!« sprach er mich auf Italienisch an, wobei sich sein Gesicht aufhellte. Das war doch nicht möglich.

»So ein Glück! Ich dachte schon, ich könnte hier mit niemandem reden, und wen treffe ich da? Einen aus der Heimat, in dieser Wildnis!«

19.

Noch am selben Abend reiste ich ab. Tatjana lag vor dem Fernseher und übersetzte ihren neuen Freunden die Antworten des Flunder-Mannes in der ›Porfirio Topazio Show‹. Mit ziemlicher Sicherheit registrierte sie gar nicht, daß ich gerade fortging. Über Finnland schneite es wieder. In der Nähe von Tampere hatte der Zug wegen des schlechten Wetters lange Aufenthalt. Knapp zwei Minuten vor Abfahrt der Fähre kamen wir in Turku an. Die Gleise endeten ein paar hundert Meter vor dem Wasser. Mit meinem Ballonrucksack stürzte ich in diese Richtung. Obwohl ich die letzten Reserven mobilisierte, kam ich nur langsam voran. Die Schiffssirene ertönte. Ich verfluchte den Rucksack, den Overall, die Wollschichten und den Tiefschnee, in den ich bei jedem Schritt bis an die Knie einsank. Hinter meinem Rücken lachte jemand. Ich drehte mich um. Ein Stück entfernt sah ich meine Jacke auf dem Boden liegen. Sie mußte sich im Eifer des Gefechts aus meinem Gepäck gelöst haben. Die Matrosen machten Anstalten, die Heckklappe der Fähre hochzuziehen. Ich konnte nicht zurück. Im letzten Augenblick sprang ich an Bord. Gleich darauf legte das Schiff ab. Wohin fuhr ich eigentlich?

20.

In Stockholm kaufte ich mir eine Fahrkarte nach Kopenhagen. In Dänemark wurde mir dann klar, daß ich nicht wußte, was ich tun sollte. Im Bahnhof studierte ich ausgiebig eine Europakarte. Amsterdam schien gar nicht so weit. Ich beschloß nachzusehen, ob Eric da war.

21.

Zusammen mit den Grachten durchschnitt der eisige Januarwind die Altstadt von Amsterdam. Gegen ein Brückengeländer gelehnt, sah ich den Kindern beim Eislaufen zu. Bei Erics Adresse hatte ich niemanden angetroffen. Außer einem farbigen Mädchen waren alle Schlittschuhläufer blond. Die besten gingen ab wie Raketen und touchierten die im Eis festsitzenden Lastkähne. Ein paar Erwachsene spendeten den waghalsigsten Manövern Beifall. Plötzlich brach die weiße Fläche dort, wo das farbige Mädchen stand. Den Bruchteil einer Sekunde sah ich ihre Augen, die zusammen mit dem übrigen Körper ins Wasser glitten. Eine Weile konnte sie noch, nach Atem ringend, schreien. Die Kinder blieben stehen und sahen ihr zu. Die Erwachsenen applaudierten nicht mehr. Dann lachte jemand. Plötzlich lachten alle. In dem Loch verschwanden die letzten Luftbläschen.

22.

Ich überquerte den Ärmelkanal.

In London suchte ich das Stadtzentrum, ohne fündig zu werden. Oxford Street war die Hölle. Wie im Stummfilm betraten und verließen Tausende von Menschen die Kaufhäuser fast im Laufschritt. Auf der King's Road gaben viele kleine Geschäfte auf. Junge Obdachlose schliefen auf der Straße. Bars und Restaurants boten *»Recession Meals«* an. Kurz vor World's End betrat ich ein Café. Alle Gäste trugen Fila-Daunenjacken. Alle Gäste trugen weiße Levi's. Alle Gäste trugen Puma States. Ich ging an die Theke. Alle Gäste tranken Corona Extra. Ich bestellte das falsche Bier. Sogar die Barleute sahen mich verächtlich an. Von Eric natürlich nicht die geringste Spur.

23.

Ein bißchen Geld hatte ich noch. Aber nach all den Nächten, die ich in fahrenden Zügen verbracht hatte, um das Hotel zu sparen, war ich völlig kaputt. In Paris kam ich im Hotel Henri IV. an der Place Dauphine unter. Ich zog den immer schwerer werdenden Ballonrucksack ein paar hundert Stufen hinauf bis in mein Zimmer. Als ich die Tür aufmachte, stieg mir der Duft von intensivem Fußschweiß in die Nase. Es war ihnen gelungen, auf ganzen drei Quadratmetern ein Doppelbett, ein Waschbecken und einen Kleiderschrank unterzubringen. Ohne mich auszuziehen, schlief ich ein.

24.

Ich fragte in ein paar Cafés nach, ob sie einen Kellner suchten. Wir sind vollzählig, antwortete man mir an der Kasse, tut uns leid. Ich hatte mir gerade in der Rue de Seine ein Crêpe gekauft, als mir jemand von hinten eine heftige Kopfnuß verpaßte. Das Crêpe fiel zu Boden. Halb betäubt drehte ich mich um. Zwei Jugendliche mit einem Pitbull an der Leine brüllten, daß sie in diesem Viertel keine Leute mit rotem Stern am Kragen wollten. Der Hund machte es seinen Herrchen nach und bellte. Der Crêpe-Verkäufer pfiff vor sich hin, während er den Teig auf die Kochplatte goß. Ohne etwas zu erwidern, ging ich weg.

25.

Unter dem Pont des Arts starrte ich auf die vorüberfließende Seine. Ich hatte gerade noch genug Geld für die Fahrkarte nach Hause in der Tasche. Das Wasser. Der Wind.

6. Kapitel

1.

Die Leere.

2.

Bei meiner Rückkehr dachte ich, daß Arnaldarnoldo mir das vom Personalchef unterschriebene Kündigungsschreiben überreichen würde. Aber Arnaldarnoldo war nicht da. An der Kasse saß Egidio.

»Wo ist denn der Herr Geschäftsführer?« fragte ich.

Egidio sah mich an, ohne zu antworten. Kreidebleich und mit veilchenblauen Ringen unter den Augen schien er geradewegs dem Set von ›Nosferatu‹ entsprungen.

»Wo ist er hingegangen? In die Bar gegenüber oder ins Büro?«

Egidio nahm einen Kuli und einen dicken Notizblock. Er schrieb etwas auf ein Blatt und reichte es mir. ENTSCHULDIGE BITTE VIELMALS, DASS ICH NICHT MIT DIR SPRECHEN KANN, stand dort in Blockbuchstaben, ABER ES IST ETWAS SCHRECKLICHES PASSIERT, UND WEGEN DES SCHOCKS HABE ICH DIE SPRACHE VERLOREN.

»Was ist passiert?«

Egidio griff wieder nach dem Block. Die Antwort lautete: VERZEIH MIR BITTE, ABER AUF ANWEISUNG VON OBEN DARF ICH NICHT DARÜBER SPRECHEN. VERSUCH IN MAILAND ANZURUFEN, VIELLEICHT ERFÄHRST DU DORT ETWAS. In Klammern hatte er hinzugefügt: P.S.: IN ANBETRACHT MEINES ZUSTANDS HABE ICH DAS TELEFON AUSGEHÄNGT. BEVOR DU DIE NUMMER WÄHLST, VERGISS NICHT, DEN HÖRER WIEDER AUFZULEGEN.

3.

Ich versuchte in Mailand anzurufen. Ich wurde mit einem von der Personalabteilung verbunden. Eine Wolke Paco Rabanne quoll aus dem Hörer.

»Tatsächlich entspricht das, was Ihr Kollege Ihnen mitgeteilt hat, der Wahrheit. Während Ihrer Abwesenheit ist etwas sehr Schlimmes passiert, etwas, worüber man besser nicht am Telefon spricht. Verstehen Sie?«

»Verstehe«, antwortete ich, ohne zu verstehen.

»Wo waren Sie eigentlich in letzter Zeit?«

»Auf Auslandsmission«, sagte ich aufs Geratewohl. »Wir brauchten unbedingt ein paar Kassetten für den Team Topmanager, die in Italien nicht aufzutreiben waren ...«

»Halt!« unterbrach mich Paco Rabanne, »genau darüber will ich nicht am Telefon reden. Morgen komme ich auf einen Sprung vorbei und werde Ihnen die Natur des Problems darlegen. Kapiert?«

»Kapiert.«

4.

»Die Sache muß absolut vertraulich behandelt werden.«

»Natürlich.«

»Wir wollen nicht, daß sie an die Öffentlichkeit dringt. Es geht um die Glaubwürdigkeit des Teams.«

Ich saß mit dem Typ von der Personalabteilung in Arnaldarnoldos Büro. Der Mailänder steckte von Kopf bis Fuß in Giorgio Armani. Wegen Paco bekam ich fast keine Luft.

»Wie Sie ja wohl wissen, ist der Geschäftsführer für alles verantwortlich, was hier im Laden passiert.«

»Ja.«

»Nun, es ist zu einem Vorfall gekommen, der für einen unserer Kunden sehr unerfreulich war, einen – sagen wir – ganz besonderen Kunden.«

»Und zwar?«

»Letzte Woche, genau bei Ladenschluß, betrat der Topmanager des Teams gerade den Laden ...«

»Na ja, das ist schon öfter vorgekommen.«

»Sehr gut möglich. Nur daß euer Geschäftsführer das nicht bemerkt hat und ohne Vorwarnung den Knopf drückte, der das Rollgitter herunterrasseln läßt.«

»Ich glaube, ich verstehe.«

»Im Bruchteil einer Sekunde fiel das riesige Rollgitter des Haupteingangs herab und amputierte dabei glatt die Nase, den linken Unterarm und das rechte Bein des Team Topmanagers. Sie verstehen, manchmal reicht das Geschehen eines Augenblicks, um eine Karriere zu zerstören.«

»In der Tat.«

»Aus Imagegründen wünschen wir nicht, daß die Sache bekannt wird. Auch deshalb suchen wir nach einer internen Lösung des Problems, wer die Nachfolge des Geschäftsführers antreten soll. Sie und Egidio sind die einzigen, die auch Erfahrung im Videobereich gesammelt haben. Angesichts der augenscheinlichen Empfindsamkeit Ihres Kollegen haben wir beschlossen, auf Sie zu setzen.«

»Auf mich?«

»Sie arbeiten mittlerweile seit vier Jahren hier. Man hat mich beauftragt, Ihnen einen Karrieresprung anzubieten, der sich für Sie mit Gewißheit finanziell interessant auswirken wird.«

5.

Ich fing jetzt an, die Krawatte, das Hemd, die Schuhe und die Hose zu tragen, die die ganze Zeit über im Kleiderschrank gelegen hatten. Aber um den Geschäftsführer zu spielen, genügten die paar Klamotten nicht. Also nahm ich mir vor, die Krise auszunutzen. Rap In, der teuerste Laden der Stadt, machte dicht. Die mit Zeitungspapier zugeklebten Schaufenster kündigten bis zu achtzig Prozent Preisnachlaß an. Im Gedränge einer Horde von Schnäppchenjägern kaufte ich an einem Vormittag zwei Ralph-Lauren-Krawatten, vier Brooks-Brothers-Hemden, drei Kenzo-Hosen und ein Paar Sebago-Mokassins. Beim Kramen in den Restposten fand ich zwei Ermenegildo-Zegna-Sakkos, eins ein bißchen zu weit, das andere ein bißchen zu eng. Aber angesichts der niedrigen Preise nahm ich sie trotzdem. Die Verkäufer trugen keine hochmütigen Mienen mehr zur Schau. In ein paar Tagen würden sie arbeitslos sein.

6.

Nur um einen Neuwagen zu verkaufen, erklärte sich der größte italienische Automobilhersteller bereit, jeden Gebrauchtwagen für zwei Millionen Lire in Zahlung zu nehmen. Ich überließ dem Vertragshändler meine alte Ente und tauschte sie gegen einen Comma Prestige ein, natürlich mit Kat und Supersonderausstattung. Neben Seitenaufprallschutz verfügte der kleine Flitzer über Airbag, Stereoanlage, elektrische Fensterheber, Zentralverriegelung, Haltevorrichtungen für Skier – obwohl ich gar nicht skifahren konnte – sowie über eine Machete-Alarmanlage. Das Ganze bei sofortiger Lieferung und

Zahlung in Raten, die – wie bequem – monatlich vom Gehalt abgezogen wurden ... Allerdings bekam ich eine Woche später einen Akzent geliefert, das alte Modell der Firma. Die Commas seien aus, erklärte mir der Vertragshändler. Auf der Straße hatte ich noch nicht einen einzigen herumfahren sehen ...

7.

Von einem Tag auf den anderen verschwand im Laden die Aufschrift ARSCHKRIECHER. Super Mario grüßte mich wieder. Die Angestellten am Bankschalter tauschten keine spöttischen Blicke mehr, wenn ich vorbeischaute. Mailand hatte mir die Leistungsprämie überwiesen, die eigentlich Arnoldarnaldo in diesem Jahr zufallen sollte.

8.

Ich nutzte die Räumungsverkäufe, die der Rezession zu verdanken waren, und erwarb einen neuen Fernseher mit Megascreen und Videorecorder. Beides von Sony, versteht sich. Zum Videorecorder gab's zwei falsche Lacoste-Hemden gratis dazu. Eine sympathische Idee zur Verkaufsförderung, wie mir die Geschäftsinhaberin erklärte, während sie mit ihrer Stimme die Schreierei zu übertönen versuchte, die aus dem Hinterzimmer herausschallte. Jemand diskutierte dort am Telefon über fällige Hypotheken und Darlehen.

Von nun an konnte ich unter neunundneunzig Sendern denjenigen auswählen, mit dem ich den Abend verbringen wollte. Die Videos nicht eingerechnet.

9.

Ich mietete mir eine Bude in der Stadt. Im Videoverleih unten im Haus, wo ich Kunde war, um Mißverständnisse bei der Arbeit zu vermeiden, gab es nicht eben viele Bergman-Filme. Dafür fand ich andere Titel, die sich immerhin interessant anhörten. Im Lauf eines Monats lieh ich mir: ›Intime Videoerlebnisse‹ Nummer zwei, ›Ramba die Gefräßige‹, ›Musch und der Zauberstab‹, ›Die heiße Bettgefährtin‹, ›Die geilsten Laster meiner Frau‹, ›Petra – geil auf Liebe‹, ›Mädchen zu verkaufen‹, ›Stoß zu!‹, ›Sexy Camorra‹ Nummer eins, ›Wille zum Sex‹, ›Die Badespiele von Justine und Veronique‹, ›Nimm mich von hinten‹, ›Dein Stecken in meiner Hand‹, ›Sexy Camorra‹ Nummer zwei und drei, ›So jung und schon so verdorben‹, ›Die irre Pornolust entfesselter Teenager‹, ›Sodomie Total‹ sowie ›Deep Throat‹, einen Klassiker seines Genres.

10.

Konsequenterweise kaufte ich mir dann eine aufblasbare und beheizbare Vibratorvagina mit eingebautem Gleitmittel. Sie traf unter Wahrung absoluter Diskretion und in neutraler Verpackung ein, wie es die Anzeige in der Pornozeitschrift versprach, auf die ich geantwortet hatte. Die Vagina war aus rosafarbenem Latex. Neben den großen und kleinen Schamlippen war auch so etwas wie eine Klitoris nachgebildet. Mit Hilfe einer Pumpe auf der Rückseite ließ sich die Vulva aufblasen, so daß sie sich um das Glied schloß.

11.

Vorläufig brummte das Geschäft. Der Absatz von ›Vogue‹ und ›Country Class‹ ging schlagartig zurück, dafür liefen jetzt ›Lotto-Glück‹, ›Toto-Glück‹ und ›Rennbahn-Glück‹. Jeden Abend kontrollierte ich, ob der Umsatz mindestens so hoch war wie im Vorjahr. Aber die Gerüchte, daß die Krise auch unseren Sektor erfassen würde, wurden immer lauter. Nachts ließen mich die budget-Zahlen nicht mehr schlafen. Ich dachte daran, was mir der Typ aus der Personalabteilung gesagt hatte. Die alte Führungsschicht des Landes trieb ihrem Untergang entgegen. Wir müßten uns bereithalten, sie zu ersetzen. Man mußte nur bis zum Ende dieser – mit Sicherheit vorübergehenden – Konjunkturflaute durchhalten. Die Justiz würde den Weg freischaufeln. Sobald die Rezession vorüber und die Prozesse abgeschlossen wären, würde alles wieder in geregelten Bahnen laufen. Wie vorher. Besser als vorher. Dank uns. Es kam darauf an, nicht wie Arnaldarnoldo ausgerechnet jetzt, in Sichtweite des Ziels, vom Weg abzukommen.

12.

Ab und zu ging ich ins Restaurant. Ich zahlte jetzt mit Kreditkarte und konnte es mir leisten, die Gerichte zu probieren, deren Namen ich früher nur auf der Karte gelesen hatte. Wenn ich vom Tisch aufstand, war ich satt und zufrieden und nicht ausgehungert wie in den Zeiten, als ich auf die Hauptspeise verzichten mußte, wenn ich eine Vorspeise nahm, und umgekehrt. Wenn ich hinausging, grüßten mich die Kellner ehrerbietig.

Als ich eines Abends nach Hause fuhr, bemerkte ich an

einer Ampel einen Farbigen mit vertrautem Gesicht … Als er näher kam, um meine Windschutzscheibe zu putzen, erkannte ich ihn wieder … Er war Verkäufer bei Rap In gewesen. Dank seiner Bräune, die er sich als Stammgast in Cortina d'Ampezzo zugelegt hatte, ging er jetzt problemlos als Original-Marokkaner durch.

13.

Das einzig Unerfreuliche an dieser vibrierenden, aufblasbaren und beheizbaren Vagina war das völlige Fehlen von Haaren. Um mal ein anderes Register zu ziehen und dem Ganzen einen Anstrich von reality zu geben, bestellte ich bei der gleichen Adresse wie zuvor eine Gummipuppe, die laut Katalog mit echtem Menschenhaar versehen war.

14.

Auch diesmal kam die Ware absolut diskret und in neutraler Verpackung. Heidis Haar und Schamhaar war echt, wie versprochen. Nur unter den Achseln hatte man ihr leider keins implantiert. Ich hatte das rothaarige Modell ausgesucht, eins fünfundsiebzig groß, Körpermaße neunzig-sechzig-neunzig. Ich konnte durch drei verschiedene Löcher in sie eindringen. Manchmal steckte ich ihn ihr zwischen die Titten.

Ab und zu zog ich los und kaufte ihr Kleider. Ich war verrückt danach, ihr jede Woche neue Dessous zu schenken. Außerdem Halsketten, Ringe und Armbänder. Ohrringe und Broschen nicht, auf so etwas stand sie nicht.

Das Zusammenleben mit ihr gefiel mir. Nie stritten wir uns. Sie war anders als die anderen, obwohl sie mir – wie diese – manchmal entschlüpfte, besonders wenn ich sie nach dem Duschen zu umarmen versuchte.

15.

VIER KAUFEN – DREI BEZAHLEN ... SIE SCHAUEN SICH DIE VIDEOS AN, WIR SCHENKEN SIE IHNEN ...

Auch in diesem Jahr machten wir wieder die übliche Werbekampagne. Vor mir stand der neue Angestellte. Mailand hatte sich entschlossen, ihn einzustellen, um den Personalbestand zu vervollständigen. Er war mager, das Haar war kurz geschoren – ein bißchen zu kurz geschoren, mußte unbedingt länger werden –, er trug ein graues T-Shirt, zerrissene Jeans und Turnschuhe, die irgendwann vielleicht mal weiß gewesen waren. Ich meinte mich zu erinnern, daß er sich als Oscar vorgestellt hatte.

»Während des intensive-trainings hast du nichts weiter zu tun als die Kartons mit den Videos aufzumachen, zu überprüfen, ob der Inhalt mit den Mengenangaben auf dem Lieferschein übereinstimmt, und mit Hilfe des Strichcodes die Dateien für die neuen Titel im Computer einzurichten. Alle nicht strichkodierten Videos werden aussortiert und zum Warenrücklauf gelegt. Selbst wenn es ›Apocalypse Now‹ ist.«

Dank an: Barbara, Elena, Gap, Elisabetta, Walter, Ada, Liz, Pier Vittorio, Gianni, Mike D., Ad Rock, MCA, Thurston, Kim, Steve, Lee, Jennifer, Suzi, Donita, Demetra, Francis, Martin, Stanley, Quentin, Ernest, Francis und Hank.

T. C. Boyle im dtv

»Aus dem Leben gegriffen und trotzdem unglaublich.«
Barbara Sichtermann

World's End
Roman · dtv 11666
Ein fulminanter Generationenroman um Walter Van Brunt, seine Freunde und seine holländischen Vorfahren, die sich im 17. Jahrhundert im Tal des Hudson niederließen.

Greasy Lake und andere Geschichten
dtv 11771
Von bösen Buben und politisch nicht einwandfreien Liebesaffären, von Walen und Leihmüttern...

Grün ist die Hoffnung
Roman · dtv 11826
Drei schräge Typen wollen in den Bergen nördlich von San Francisco Marihuana anbauen, um endlich ans große Geld zu kommen.

Wenn der Fluß voll Whisky wär
Erzählungen
dtv 11903
Vom Kochen und von Alarmanlagen, von Fliegenmenschen, mörderischen Adoptivkindern, dem Teufel und der heiligen Jungfrau.

Willkommen in Wellville
Roman · dtv 11998
1907, Battle Creek, Michigan. Im Sanatorium des Dr. Kellogg läßt sich die Oberschicht der USA mit vegetarischer Kost von ihren Zipperlein heilen. Unter ihnen Will Lightbody. Sein Trost: die liebevolle Schwester Irene. Doch Sex hält Dr. Kellogg für die schlimmste Geißel der Menschheit... Eine Komödie des Herzens und anderer Organe.

Der Samurai von Savannah
Roman · dtv 12009
Ein japanischer Matrose springt vor der Küste Georgias von Bord seines Frachters. Er ahnt nicht, was ihm in Amerika blüht...

Tod durch Ertrinken
Erzählungen
dtv 12329
Wilde, absurde Geschichten mit schwarzem Humor.

América
Roman · dtv 12519

Binnie Kirshenbaum im dtv

Wer etwas vom Seiltanz über einem Vulkan lesen will, also von den Erfahrungen einer kühnen Frau mit dem männlichen Chaos, dem sei Binnie Kirshenbaum nachdrücklich empfohlen.«
Werner Fuld in der ›Woche‹

Ich liebe dich nicht und andere wahre Abenteuer
dtv 11888

Zehn ziemlich komische Geschichten über zehn unmögliche Frauen. Sie leben und lieben in New York, experimentierfreudig sind sie alle, aber im Prinzip ist eine skrupelloser als die andere...
»Scharf, boshaft und irrsinnig komisch.« (Publishers Weekly)

Kurzer Abriß meiner Karriere als Ehebrecherin
Roman · dtv 12135

Eine junge New Yorkerin, verheiratet, linkshändig, hat drei außereheliche Affären nebeneinander. Sie lügt, stiehlt und begehrt andere Männer. Daß sie ein reines Herz hat, steht außer Zweifel. Wenn sie nur wüßte, bei wem sie es verloren hat, gerade. »In diesem unkonventionellen Roman ist von Skrupeln keine Rede. Am Ende fragt sich der Leser amüsiert: Gibt es eine elegantere Sportart als den Seitensprung?« (Franziska Wolffheim in ›Brigitte‹)

Ich, meine Freundin und all diese Männer
Roman · dtv 24101

Die beiden Freundinnen Mona und Edie haben sich im College kennengelernt und sofort Seelenverwandtschaft festgestellt. Sie sind entschlossen, ein denkwürdiges Leben zu führen. Und dabei lassen sie nichts aus... »Teuflisch komisch und frech. Unbedingt lesen!« (Lynne Schwartz)

Walter Satterthwait im dtv

»Es ist gut, daß es nach wie vor Romane gibt, die mit dem Etikett ›Entertainer‹ nicht nur locken, sondern es auch einlösen… Nicht zuletzt darin besteht, angenehm unspektakulär, Satterthwaits große Kunst.«
Bernhard Dotzler, ›Frankfurter Allgemeine Zeitung‹

Wand aus Glas
Kriminalroman · dtv 8459

Privatdetektiv Joshua Croft liebt die schöne Rita Montdragón, für die er arbeitet, die Wüste um Santa Fé, die Melancholie, die Indianer und seinen Job, den er gleichzeitig auch verflucht: Seine Chefin ist seit einer Schießerei querschnittsgelähmt. Er soll den Raub eines Kolliers aufklären. Dabei kommt er einer internationalen Schmugglerbande auf die Schliche und in die Quere.

Miss Lizzie
Roman · dtv 20056

Amanda, das Nachbarskind, weiß, daß Lizzie Borden ihre Eltern bestialisch mit der Axt ermordet haben soll. Und auch, daß Miss Lizzie seinerzeit mangels Beweisen freigesprochen wurde. Eines Tages begegnen sich die beiden und eine heimliche Freundschaft entsteht, die jäh auf eine harte Probe gestellt wird: Amandas ungeliebte Stiefmutter wird ermordet aufgefunden, erschlagen mit einem Beil…

Oscar Wilde im Wilden Westen
Roman · dtv 20196

Im Jahr 1882 hält die Kultur Einzug im Wilden Westen. Englands berühmter Dandy-Dichter bereist das gesetzlose Land zwischen San Francisco und Chicago. Begleitet wird er von schönen Bewunderern beiderlei Geschlechts – und von einer Bestie. Denn in den Orten und an den Abenden von Oscar Wildes Auftritten werden methodisch-grausam Frauen ermordet…